D1392463

# AU SUIVANT
# DE CES MESSIEURS

# DU MÊME AUTEUR

## Dans la même collection :

# SAN-ANTONIO

# AU SUIVANT DE CES MESSIEURS

ROMAN

ÉDITIONS FLEUVE NOIR
69, Bd Saint-Marcel — PARIS-XIIIe

*A Pierre Champion, René Gessler et Francis Gaudard, en m'excusant d'apporter la petite guerre au pays de la paix.*

*Amicalement.*

*S.A.*

*Les personnages de ce récit sont imaginaires et fictifs. Alors, hein ? Pas d'histoires !*

*S.A*

# PREMIÈRE PARTIE

C'est le zonzon feutré de l'aspirateur de Félicie qui me réveille... Ou du moins c'est ce bruit-là que j'entends en sortant du tunnel. Le temps de compter jusqu'à un, très lentement, et voici que se déchaîne dans ma tronche la plus terrible gueule de bois homologuée depuis que Noé inventa le picrate. J'ai l'impression d'avoir nettoyé les gogues d'une caserne avec la langue. Et il y a du ramdam sous ma coiffe ! Je ne sais pas quel est le dégourdi qui a installé cette turbine entre mes tempes, mais je peux vous dire qu'il aurait mieux fait de la mettre ailleurs !

La chambre au papelard cretonne décrit un lent mouvement de rotation qui m'oblige à me cramponner au bastingage. Des étincelles crépitent dans mes yeux, au point que je me crois soudain déguisé en feu d'artifice. Je ne me souviens plus où j'ai ramassé cette biture, mais je me doute que ça n'était pas au thé de

la marquise de Talèredune. Pour le moment,
tout effort mnémonique est au-dessus de mes
moyens. J'attends donc que ça se tasse, mais
ce genre de maladie a besoin qu'on s'occupe
d'elle. L'ayant compris, je hasarde un pied
prudent hors de ma couche... Je foule la
carpette, je me dresse, et puis, v'lan, cet
abruti de plancher vient m'embrasser à pleine
bouche ! Je me chope une bosse frontale qui
ferait crever de jalousie le doyen des rhinocéros. Du coup, mes étincelles font place à des
chandelles. Inutile de les dénombrer, je sais
qu'il y en a trente-six !

Je suis à genoux sur ma descente de lit
(pour une descente, c'en est une vraie que je
viens de réussir : en piqué avec chute libre et
ouverture du parachute à retardement) ! Félicie a bloqué son Électrolux et s'annonce, les
coudes au corps. Elle délourde à la volée, ce
qui décroche mon râtelier de pipes.

— Que se passe-t-il, Antoine ?

Je la regarde et je vois une demi-douzaine
de Félicies, toutes plus inquiètes les unes que
les autres.

— Tu es malade ?

Je secoue la tête, ce qui m'arrache un
gémissement douloureux. La turbine mal
arrimée vient péter contre mon front.

— Veux-tu que j'appelle le docteur ?

— Non... Bicarbonate, café noir... citron !

Ayant procédé à cette énumération, je m'allonge carrément par terre, histoire de cramponner ce salaud de plancher qui poursuit sa valse chaloupée. Comme ça n'est pas la première fois que je traîne une cuite pour grande personne, Félicie s'empresse de mettre en vigueur le dispositif numéro 44 bis, celui des cas urgents ! Elle s'éloigne pour revenir avec une vessie pleine de glace qu'elle pose sur mon front. Ensuite, c'est le verre de café avec deux jus de citron que je dois me farcir. Et, pour couronner ses efforts, j'ai droit à deux grandes cuillerées d'Eno...

Je me laisse faire. Je ne suis plus le boute-en-train que vous connaissez, mais plutôt la dernière des guenilles à sa sortie de l'essoreuse. Je calfeutre mes lampions et j'attends une paire de minutes que les différents ingrédients avalés opèrent leur office.

Effectivement, ça se tasse un peu et j'ai la force de me traîner sous la douche. Je la prends écossaise, c'est-à-dire à carreaux. Lorsque je sors du tub, je luis comme un derrière de singe et des forces neuves se pointent en colonne par quatre dans mon organisme dévasté. Félicie m'attend à la cuistance avec un reste de viande froide et un kil de rouquin. Elle n'ignore pas que je traite le mal par le mal. Je morfile un bout de bœuf décédé et j'avale en me cramponnant un

grand glass d'Aramon. Au début, c'est du
vitriol qui me fouaille l'intérieur, et puis ça se
met à carburer pour de bon.

Félicie hasarde :

— Où as-tu ramassé ça ?

— On arrosait la promotion de Bérurier...
chez un de ses potes à la Halle aux vins...

J'ajoute, manière de jouer les angelots de
vitrail :

— Tu sais, M'man, c'est pas ce que j'ai
avalé... C'est plutôt l'odeur... des caves...

Un profond silence s'établit. On entendrait
voler un impresario. Faire croire un truc
pareil à Félicie, vous parlez ! Faut que j'aie un
vache reliquat de picrate dans les cellules
grises ! C'est comme si j'essayais de vendre un
réfrigérateur à un Esquimau ! Aussi n'insisté-
je pas...

Fort judicieusement, la sonnette du portier
retentit. Je me demande quel est l'enfant de
pétasse qui vient nous faire tartir de si bon
matin. Félicie qui s'est propulsée jusqu'à la
porte me rancarde :

— Voilà ton collègue Pinaud !

J'entends le pas maladroit du vieux chnock
sur les graviers de l'allée. Ma brave femme de
mère lui ouvre et met sa main usée par les
lessives dans la demi-Livre-avec-os du fin
limier.

Entrée de Pinuche ! Il a le bada enfoncé

jusqu'aux sourcils. La moustache irisée par sa morve et la bruine... Un cache-nez de grosse laine sale emmitoufle son cou. Il frappe ses grosses targettes sur le racloir de l'entrée, histoire de prouver qu'il a des usages et il pénètre dans la cuisine.

Son regard ressemble à deux crachats de phtisique.

Il le braque sur moi comme la fourche d'une baguette de sourcier.

— Tu es chouette, observe-t-il en guise de salut !

Ça me fout en pétard.

— Mets les choses navrantes qui te servent de fesses sur une chaise et ferme ta grande gueule !

Il souscrit à la première partie du conseil, mais il néglige la seconde.

— Il paraît que ç'a été l'orgie romaine, hier !

Un peu de regret voile son ton.

— J'aurais bien aimé en être, poursuit-il, mais j'avais un travail délicat...

Ses petits yeux noyés de gâtisme pas si précoce que ça m'indisposent.

— Pinaud, lui dis-je, j'ai beaucoup réfléchi cette nuit. Et je suis arrivé à une certitude absolue te concernant.

— Moi ?

— Oui, toi !

— Quelle est cette certitude ?

— Si on cherchait par le monde un flic plus abruti que toi, on ne le trouverait pas !

Le père Pinuche pince les lèvres. Puis il se tourne vers Félicie afin de la prendre à témoin. Mais Félicie a trop envie de rire pour pouvoir lui apporter les satisfactions verbales qu'il sollicite de son esprit de justice.

— Qu'est-ce qui me vaut le cauchemar de ta visite ? interrogé-je en poussant un verre propre dans sa direction et en emplissant le susdit jusqu'à la garde.

— Ton téléphone.

— Qu'est-ce qu'il a, mon téléphone ?

— Il est en dérangement.

— Comme toi ?

Félicie intervient.

— Oui, j'ai signalé la chose aux P.T.T. hier soir... Ils vont venir ce matin...

Moi, je les ai au nougat de Montélimar, mine de rien. Je me dis que si le Vieux (car ça ne peut être que lui qui envoie Pinaud) me dépêche quelqu'un à domicile, c'est qu'il a une urgence à me confier. Et ça ne me sourit pas pour deux raisons, la première parce que j'avais campo aujourd'hui et que je comptais faire visiter mes estampes japonaises à une nana ; la seconde parce qu'avec la G.D.B. que je coltine, j'ai autant envie de travailler que d'avaler du bromure avant de me rendre à un rendez-vous de Miss Univers.

— C'est le Vieux qui t'envoie ?

— Évidemment ! Il sait que tu en as pris un bon coup dans les galoches et il m'a dit de te ramener d'urgence...

— Y a le feu ?

— A en juger à son énervement, oui !

L'idée d'avoir à me saper, puis à piloter ma tire jusqu'au burlingue du Vieux. L'idée d'écouter ses boniments, surtout, me déprime.

— Ce que je voudrais pouvoir me faire porter pâle !

— C'est pas à conseiller, assure Pinaud. Il m'a dit que chaque minute comptait !

— Bon, alors attends-moi. Et sois sérieux avec maman pendant que je m'habille.

— Je t'en prie, bavoche-til au comble de la confusion.

— Tout Paris sait que tu es le type le plus libidineux de l'après-guerre...

Je sors, tandis qu'il se confond en protestations auprès de Félicie.

Ça fait deux mille cinq cents ans que je n'ai pas vu le Chef aussi mal viré. Il a sa tronche des vilains jours. Ses yeux contiennent autant d'amabilité que ceux d'une chaisière traitée de tapineuse par un égoutier et ses lèvres sont si serrées qu'il serait impossible de prendre sa température par voie buccale.

— Asseyez-vous, San Antonio.

Il me défrime. Ses gobilles sont impitoyables. J'ai beau faire bonne contenance, il lit ma biture de la veille sur ma bouille tuméfiée comme on lit le mode d'emploi d'un rasoir électrique lorsque, pendant trente ans, on s'est rasé au coupe-chou.

— Ça n'a pas l'air d'aller fort ?

— Le foie, chef, ça n'est rien...

— Vous vous êtes enivré ?

Tout de suite, les mots qui fâchent. J'ai envie de l'envoyer sur les roses, mais je n'en ai pas la force.

— Disons que nous avons arrosé la promotion de Bérurier...

— Écoutez-moi, San Antonio, je sais que vous buvez sec, mais je n'aime pas beaucoup ça. L'alcool est néfaste aux réflexes...

Il me sort le cours de morale d'école primaire sur le fameux fléau ! Je m'attends à lui voir déballer des graphiques de son tiroir.

— Vous n'avez rien à me reprocher, chef, si ?

A ma voix, il pige que je suis à deux doigts de lui faire becqueter son sous-main et, comme il tient à moi, il change de disque.

— San Antonio, je suis bien embêté...

J'attends la suite. Il masse ses belles mains qui font la fortune des manucures.

— Alors, vous allez partir immédiatement pour la Suisse...

Du coup, c'est moi qui suis embêté ! Songez qu'à six plombes, ce soir, j'ai rembour avec une blonde qui n'aurait qu'une demande sur papier timbré à rédiger pour être admise parmi les Blue Bell Girls !

Mais cette objection n'étant pas valable, je ne la formule pas. Le Vieux masse maintenant son crâne ivoirin.

— Vous connaissez Mathias ?

Tu parles, Charles ! C'est un de mes meilleurs collègues. Un jeune, sorti de la Sorbonne, s'il vous plaît, qui va faire une sacrée carrière si on s'en réfère aux succès qu'il a déjà enregistrés.

— Je ne connais que lui, patron !

— Il vient de réussir un exploit assez sensationnel...

— Ah oui ? Ça ne m'étonne pas !

— Vous avez entendu parler du réseau Mohari ?

Je réfléchis...

— N'est-ce pas cette organisation qui approvisionne en armes les pays arabes ?

— Si. Mathias est parvenu à en faire partie.

J'émets un sifflement. Du coup, j'oublie ma cuite et la pépée platinée qui m'attendra ce soir au Marignan.

— Beau travail, en effet. Comment s'y est-il pris ?

Le Vieux, qui est modeste comme quinze vedettes d'Hollywood, baisse ses paupières de batracien.

— Il a suivi mes directives, voilà tout !

— Je n'en doute pas, chef !

Il cramponne un coupe-papier en ivoire de la couleur de son crâne et se met à jouer la Marche des Accordéonistes Lyonnais sur son bureau.

— Il était indispensable que j'aie quel-qu'un dans la place... Et je savais que le siège, si je puis dire, du réseau Mohari, se trouvait à

Berne. Je l'ai donc envoyé là-bas... Il a pu trouver la filière. Mathias possédait des renseignements stratégiques concernant les opérations en Afrique du Nord... Il les leur a communiqués : il fallait bien appâter le piège ?

— On ne le soupçonne pas de double jeu ?

— Je ne crois pas : il a subi plusieurs tests dont il est sorti vainqueur. En bref, sa position chez Mohari est excellente et nous avons tout lieu d'être satisfaits...

Je ne vois pas où il veut en venir. Parce qu'enfin, s'il m'a convoqué, ça n'est pas pour me faire part de sa joie de vivre !(comme dirait Henri Spade).

Il ne tarde pas à s'expliquer.

— Tout va donc très bien à Berne. Mathias nous prévient des coups durs en préparation et il faut qu'il garde son poste !

— Quelque chose risque de le lui faire perdre ?

— Quelqu'un...

— Qui ?

— Un certain Vlefta...

— Jamais entendu parler de lui !

— C'est un Albanais qui fait partie de l'organisation Mohari... Il en est en quelque sorte l'agent général pour les États-Unis...

— Alors ?

— Alors, il a eu affaire à Mathias l'an

dernier, pour l'histoire des plans volés au
Ministère de la Marine... Il connaît donc
notre ami !

— Aïe !

— Et il arrive demain à Berne, venant de
New York... C'est la catastrophe pour
Mathias... Lorsque Vlefta le verra, il le
démasquera et...

Il ne termine pas. Il n'y a rien à ajouter, du
reste.

— Bon, alors ?

— C'est là que vous intervenez...

— Moi ?

— Oui. Vous filez aujourd'hui à Berne et
demain matin vous attendrez l'Albanais à
l'aéroport...

Bon Dieu, ce que je n'aime pas ça. Je force
le Vieux à préciser ses intentions.

Et je lui fais une commission ?

— Oui, vous lui parlez à l'oreille par le
truchement de votre revolver...

Voilà qui est net et ne laisse pas de place à
la fantaisie. Je n'ai plus envie de rigoler. Moi,
je veux bien bouziller des mecs avec lesquels
je suis en pétard, mais attendre un zig que je
ne connais pas à sa descente de l'avion pour
l'envoyer au ciel, alors, là...

Je fronce le nez. Le Vieux s'en aperçoit et
crache d'une voix aigre :

— Pas d'accord ?

Je me racle le gosier.

— Vous savez, patron, je ne me sens pas tellement doué pour l'équarrissage !

Il frappe du poing sur son bureau, ce qui est rare car il sait, habituellement, réprimer ses sautes d'humeur.

— San Antonio, je vous prie de considérer que c'est Vlefta ou Mathias et que je préfère que ce soit Vlefta... C'est pour notre ami une question de vie ou de mort, je pensais ne pas avoir besoin de vous le préciser... Et j'ajoute qu'outre cet aspect sentimental, dirons-nous, du problème, il en est un autre plus grave : les intérêts nationaux. Il faut, vous m'entendez bien, il FAUT que Mathias conserve son poste chez Mohari, c'est tout !

Une nausée me tarabuste le baquet.

— Chef, fais-je, je ne proteste pas sur la nécessité de cette mission. Je vous exprime simplement mon peu d'enthousiasme. Je suis un combatif et je n'aime pas jouer les exécuteurs des Hautes Œuvres... Je pensais que certains de mes collègues moins, heu... fleur-bleue feraient aussi bien l'affaire .

Oh ! les mecs. Ce rugissement ! Il devient écarlate, le Vieux Mironton ! Il y a plus de soleil dans ses grands yeux !

— Si je vous confie ce travail, c'est que j'estime que vous êtes le mieux qualifié pour l'accomplir ! Je ne fais jamais rien au hasard.

Je suis frappé par cette vérité. C'est vrai.
Le Vieux est casse-bonbons, redondant,
prêchi-prêcha, mais il ne laisse rien au hasard
et c'est ce qui fait sa force.

— Vous vous méprenez, je crois, sur la
délicatesse de votre mission, San Antonio. Il
s'agit de... d'intercepter un homme entre
l'aéroport et le centre de la ville. Or vous
serez en Suisse, pays paisible, de jour,
entouré de gens... Il faut un type comme vous
pour réussir un tel exploit sans... sans casse.
Car, vous le comprenez bien, au cas où il vous
arriverait quelque chose, je ne pourrais rien
pour vous !

Charmant.

— Bon, pardonnez-moi, chef. Comment
reconnaîtrai-je le quidam ?

Il ouvre violemment l'un de ses tiroirs, au
point que le casier manque de tomber. Il
cueille une photographie épinglée à une
feuille signalétique et me tend le tout.

— Voici sa photo et son portrait parlé.

— Merci...

Je regarde l'image. Elle représente un type
au visage particulier. Il a un grand front
bombé, sommé de courts cheveux crépus. Ses
étagères à mégots sont larges et décollées. Ses
yeux surmontés d'épais sourcils sont vifs,
durs, intelligents... Ils me transpercent.

Quelle chiotte de métier, hein ? Voilà un

tordu que je ne connais ni des lèvres ni de
l'Isle-Adam et que je vais devoir transformer
en viande froide dans un avenir immédiat !

— Vous êtes certain qu'il arrive à Berne
demain matin ?

— Il a retenu sa place dans l'avion qui part
ce soir de New York...

— On ne pourrait pas l'intercepter à
Paris ?

— L'avion qu'il prend ne fait pas escale en
France...

— Et s'il annulait son départ ?

— Je le saurais, quelqu'un le surveille là-
bas...

— Ce quelqu'un ne pourrait pas... heu...
se charger de ses funérailles ?

Encore une question malheureuse qui met
le boss en rogne.

— Je n'ai pas besoin de vos suggestions,
San Antonio ! Si j'attends la dernière minute
pour... intervenir, c'est qu'il ne m'est pas
possible de le faire avant, croyez-moi !

— Ce que j'en disais...

— Demain matin à la première heure,
appelez-moi. Je vous confirmerai s'il est bien
dans l'avion...

— Bien, chef !

— Bon, maintenant, voici l'adresse de
Mathias pour le cas où il vous serait impossible de... neutraliser Vlefta. L'avion atterrit à

dix heures du matin. Mathias vous attendra
jusqu'à onze heures... Si vous ne vous mani-
festez pas avant, il se rendra à la réunion fixée
par les pontes du réseau... Réunion extraordi-
naire au cours de laquelle seront prises des
dispositions capitales.

Je lis sur un carré de bristol :

— Pension Wiesler, 4, rue du Tessin.

— Vu ?

— Ça va, oui, patron...

— Alors voici votre billet d'avion, vous
partez dans deux heures...

— Merci...

— Vous avez de l'argent ?

— Français, oui...

— Combien ?

— Une vingtaine de mille francs !

Il hausse les épaules et prend une enveloppe dans un classeur.

— Il y a cinq cents francs suisses là-
dedans...

— Merci...

— Vous êtes chargé ?

Je tire mon P.38.

— Voici l'objet...

— Vous devriez passer au magasin pour y
adapter un silencieux...

— C'est une idée...

Je serre sa main lisse.

— J'espère que ça se passera bien, San Antonio.

— Je l'espère également, chef.

Je vais retrouver Pinuche au troquet d'en face.

— Tu prends quelque chose ? me demande-t-il.

— C'est fait : j'en ai pris pour mon grade !

— Je te disais qu'il était de mauvaise bourre ! Mission dangereuse ?

— Délicate, merci ! A propos, dans la journée, tu téléphoneras à Félicie pour lui dire que je m'absente deux ou trois jours. J'espère qu'on aura réparé ma ligne.

Pinaud me place séance tenante l'historique des P.T.T. depuis leur fondation. Je le stoppe au moment où il arrive à la collection de timbres de son petit-neveu.

— Excuse-moi, vieux, je dois me casser. Mais écris-moi la suite, je la lirai à tête reposée !

Je préfère vous dire tout de suite que l'avion n'arrange pas ma gueule de bois. Lorsque nous atterrissons à Berne, il me semble qu'on m'a dévissé et que je vais me disperser sur les trottoirs.

Je me baguenaude, sans bagages, les mains aux fouilles. Pas besoin d'emporter une cantoche militaire pour aller dessouder à la sauvette un monsieur qu'on ne connaît pas.

Comme, pourtant, il faut que je passe la noye quelque part, j'entre dans un bazar, j'achète une petite valise en carton gaufré et je descends dans un modeste hôtel près du Parlement.

Les employés doivent me prendre pour un petit voyageur de commerce français et ils manquent un peu d'entrain pour m'accueillir.

Je loue une piaule modeste dans laquelle je vais déposer mon bagage bidon. Puis, l'après-midi étant déjà bien entamé, je vais bouffer un morcif dans un petit restaurant voisin.

Tout en mastiquant, j'étudie la situation avec minutie. Me voici à pied d'œuvre. Je dois songer à ma mission et la préparer soigneusement, car elle est plutôt duraille. Parce qu'enfin, le Vieux n'a pas dû gamberger à bloc la façon dont elle se présente. Suivre un gars débouchant d'un avion et lui mettre un pépin dans le grelot, c'est facile dans la conversation. Mais dans la pratique, il en va autrement. Outre les difficultés élémentaires de ce travail, je dois aussi envisager plusieurs hypothèses : Vlefta ne voyage peut-être pas seul et sans doute sera-t-il attendu !

C'est drôlement chinois ! S'il est entouré de potes, je ne pourrai jamais le démolir. Ou alors je devrai faire le sacrifice de ma peau et agir gaillardement, à la Ravaillac, ce qui ne me sourit guère, comme dirait l'abbé Jouvence.

Au fond, le plus simple est de préparer l'opération en accumulant les précautions et d'attendre l'heure H pour improviser. Tout de même, un assistant m'aurait été utile en pareille conjoncture. Enfin, du moment que le Vieux n'a pas jugé utile de m'en adjoindre un !

Lorsque j'ai fini de morfiler, les conséquences de ma cuite sont complètement dissipées et je me sens en pleine forme.

Je vais dans un garage et je loue une voiture pour deux jours : une chouette Porsche couleur aluminium... Une idée commence à poindre dans mon cassis. Je suis vraiment l'homme qui remplace la cire à cacheter, croyez-moi. Lorsque je pars sur le sentier de la guerre, j'en profite pour élaguer les haies. C'est ce qui fait ma valeur. Pourquoi ai-je réussi dans ce sacré turbin ? Uniquement parce que j'ai du cran, des idées et une précision de montre ! (Au quatrième « top » il sera exactement l'heure d'aller boire un glass.)

Au volant de ma guinde, je retourne à l'aéroport, histoire de bien m'imprégner du parcours. Je me dis qu'il y a aussi une possibilité pour que Vlefta regagne le centre-ville par le car de l'aérogare ! Alors là, ce serait la super-tuile !

Je reviens du terrain d'aviation en roulant à faible allure.

J'arrive à un carrefour et je me dis que c'est le coin idéal pour l'accomplissement de ma mission. Je m'arrête afin d'examiner les lieux en détail... Oui. C'est ce qu'il me faut !

Je gamberge un petit bout de moment et je retourne à mon hôtel après avoir laissé la Porsche à un parking. Ensuite, je vais m'acheter des lunettes à verres filtrants qui modifient un peu ma physionomie. Je fais l'emplette d'un imperméable blanc et d'un chapeau de feutre taupé verdâtre agrémenté d'une plume de faisan. Avec ça, je n'ai pas l'air d'un moulin à vent, mais je n'ai pas l'air d'un c... non plus... Plutôt touriste allemand.

Je me rends à pinces dans une seconde agence de location de bagnoles et je loue une grosse charrette. C'est une vieille Mercédès au châssis costaud... Je vais la ranger près de la première. Tout ça fait partie de mon plan.

Maintenant, il ne me reste plus qu'à terminer la journée le plus commodément possible. Et croyez-moi, une journée à Berne, quand on est seul, c'est plus dur à buter que n'importe quel Vlefta.

Je musarde, le naze au vent, dans la vieille ville. Gentille petite capitale... La plus provinciale de toutes celles qu'il m'a été donné de voir... Je suis une rue bizarre toute en arcades, au milieu de laquelle se dressent des fontaines colorées... On se croirait dans un tableau de Rembrandt, bien que ce peintre ne soit pas Suisse pour un rond !

Je descends la rue jusqu'à la rivière qui enserre la ville, je franchis un pont et j'arrive à un rond-point sur lequel se trouvent les fameuses fosses aux ours de Berne. Les gens font cercle autour de la première. Je me penche et j'avise deux plantigrades (comme dirait Buffon) qui font les idiots pour avoir

des morceaux de carotte qu'une dame vend
par petits cornets près d'ici. J'ai toujours
ressenti une grande tristesse à la vue d'animaux sauvages embastillés. Je suis pour la
liberté générale, moi, que voulez-vous !
Enfin, ces braves bestioles sont mieux dans
leurs fosses que sur le plancher d'une chambre à coucher à l'état de descente de lit.

J'y vais de mes dix ronds de carotte,
manière de ne pas passer pour un peigne-cul,
et c'est à ce moment seulement que j'aperçois
la plus belle fille de Berne et de sa banlieue.

Elle est accoudée de l'autre côté de la
barrière et, au lieu de bigler les ours, elle me
coule des mirettes veloutées.

J'en ai illico un court-circuit dans la moelle
épinière.

La pépée est blonde, avec un beau visage
bronzé et des dents éclatantes. Elle pourrait
poser simultanément pour Cadoricin, l'Am-
bre Solaire et le super-dentifrice Colgate ! Ses
yeux, si vous tenez vraiment à ce que je vous
fasse un brin de poésie, sont pareils à deux
myosotis (y a pas, je suis en forme aujour-
d'hui !). Je lui balance mon sourire ensorce-
leur et j'ôte mes lunettes pour lui donner un
juste aperçu de ma vitrine.

Comme ces fosses sont rigoureusement
rondes, je tourne lentement autour du garde-
fou jusqu'à ce que je sois près de la poulette

blonde. Une vraie divinité! Elle vaut ce mouvement de rotation, vous pouvez me croire. C'est de la bergère de trente piges qui a le baigneur incandescent! C'est marié à un tordu qui fait des affaires. Ça a deux lardons que surveille une nurse allemande et ça ne demande qu'à se laisser expliquer le mystère animal par un monsieur pas trop mal baraqué.

Elle porte un tailleur gris souris avec des pompes rouge cerise, des gants également cerise et un sac à main assorti. Un gravure de mode! L'air de n'avoir pas inventé la pénicilline, mais de ne pas en avoir besoin non plus... Une chair plus que comestible!

Je bigle ma montre, elle marque six heures. Il y a en ce moment dans une brasserie des Champs-Élysées une dame presque aussi joliment bousculée qui attend son San Antonio joli et ne le verra pas radiner.

La personne a surveillé mon approche du coin de l'œil. Lorsque nous sommes coude à coude, elle me regarde et, me désignant les deux ours facétieux, me lâche une phrase en suisse-allemand à laquelle je ne comprends strictement rien.

— Je ne parle pas allemand, dis-je.

Elle me regarde avec surprise. A cause de mon bitos verdâtre et de mon imper blanc, elle m'avait pris pour un chleuh.

— Vous êtes Genevois ? demande-t-elle.

— Non, Parisien... Né à Belleville, c'est-à-dire que je le suis deux fois, et d'un père auvergnat, ce qui équivaut à l'être trois fois...

Elle paraît charmée.

— Vous habitez une bien jolie ville, remarqué-je avec cette courtoisie qui constitue l'un des principaux éléments de mon charme.

— Vous trouvez ?

— Oui. Très romantique... Je n'y passerai pas ma vie, mais pour une heure, je la trouve très convenable...

Elle se marre.

— Berne est très ennuyeuse pour un étranger. Il faut y avoir ses habitudes...

— Je ne demande qu'à en prendre si vous en faites partie !

Ça lui plaît. Une ombre rose transparaît sous son hâle.

Elle a un regard fripon qui me dénude et me consomme. La chaleur de son bras se répand dans tout mon corps. Cette nana, en toute franchise, doit valoir son pesant d'Amora (la bonne moutarde de Dijon). Je ne puis m'empêcher d'évoquer tout ce que je ferais avec elle s'il m'était donné d'avoir une plombe d'intimité.

— Vous êtes en vacances ? demande-t-elle.

— Comme qui dirait...

— Tout seul ?

— Hélas !

— Vous n'êtes pas marié ?

— Non, et vous ?

Depuis un instant, nous ne regardons plus les ours. Ulcérés, ces derniers vont tabasser la porte de fer conduisant à leur habitat pour prévenir le gardien qu'il est l'heure de les rentrer (1).

— Si, fait la dame.

Elle ajoute avec l'air de dire « fais-en ton profit » :

— Mon mari est en voyage en Italie...

Le brave homme ! Bien que ne le connaissant pas, je ne puis m'empêcher de lui adresser l'expression de ma sympathie. Parce qu'enfin qu'est-ce qu'un homme peut faire de plus pour ses contemporains que de partir en voyage sans sa femme lorsque celle-ci est jolie ? Je vous le demande. Je vous le demande maladroitement, sans mettre de ponctuation dans ma phrase, mais je vous le demande avec insistance !

— Si bien que vous en êtes réduite à regarder ces pauvres bêtes pour tuer le temps ?

— Eh oui...

_____

(1) Authentique.

— Pourquoi n'irions-nous pas prendre le thé ?

C'est une charnière dans nos relations. C'est le test. Si elle accepte, on peut considérer que ma soirée est retenue !

— Volontiers...

— Alors, guidez-moi, car je viens de débarquer à Berne et je ne connais pas les bons établissements...

— Le plus simple serait peut-être d'aller le prendre à la maison ?

J'en suis ébloui. En voilà une qui ne se paume pas dans les principes. Elle sait ce qu'elle veut et elle entend l'obtenir dans un temps record.

Un peu glandulard, retrouvant ma timidité d'adolescent, je proteste :

— Je ne voudrais pas vous déranger.

— Vous ne me dérangez pas. D'autant plus que je suis seule à la maison, ma bonne est en vacances...

Vous mordez, le spleen d'une femme blasée ! Les mousmés ne doivent pas s'ennuyer, autrement c'est la fin de la vertu. Si vous n'avez pas le temps de vous occuper de la vôtre, un bon conseil : achetez-lui une épicerie-porte-pots ou bien faites-lui repeindre la coque du Liberté, mais ne la laissez jamais s'emmouscailler seulâbre parce qu'il vous arrivera un vrai turbin. Rien de grave, notez bien : ça n'a que l'importance qu'on veut bien lui accorder. C'est idiot du reste de voir les hommes faire du rififi parce qu'ils sont plusieurs à servir dans le même corps. Quand il y en a pour un, y en a pour douze !

— Vous demeurez loin ?

— J'ai une petite maison, près d'ici...

— On prend le tramway ?

— Oh non, j'ai mon automobile !

C'est une VW rouge, assortie à ses gants.

Je m'installe à côté de la dame. Voilà du levage rapide. Je suis content de moi et je me le chuchote en me pinçant l'oreille.

Nous remontons une côte et débouchons dans un quartier résidentiel avec plein de demeures coquettes aux volets à chevrons. La dame stoppe devant celle qui termine une rue. Le silence qui règne laga est intégral.

Elle range sa trottinette et me précède dans la casbah. Jolie masure, en vérité. Des tapis rupins, des tableaux pompiers, des tentures lourdes, des meubles massifs... Il y fait frais et ça hume le renfermé.

On voit que la bonne est en java parce qu'il y a de la poussière sur toutes les surfaces lisses. On peut écrire son nom dessus.

— Excusez la poussière, fait-elle, je suis si peu ici...

Elle jette son sac à main sur un divan et ôte ses gants. Le silence et la pénombre sont capiteux. C'est du pousse-au-crime de first quality. Je vous défie de trouver dans tout Courcelles un cinq à sept plus grisant.

Je crampone mon hôtesse par la taille qu'elle a fine et souple. Ma main libre fait l'inventaire de son corsage. C'est pas du Michelin ! Il contient tout ce qu'il faut pour empêcher ma conquête de bien tirer à l'arc.

— Comment vous appelez-vous, jolie madame ?

— Gretta !

— C'est merveilleux. Tous les prénoms en « a » sont mystérieux, parole d'homme !

— Vous trouvez ?

— Oui.

— Et vous, comment vous appelez-vous ?

— Norbert !

Je balance cette vanne au juger, estimant que c'est le genre de blaze qui doit la faire se pâmer. Ça biche...

Elle me tend sa bouche. Ses lèvres sont froides et fermes.

Je les réchauffe de mon mieux, les pauvres. Je pousse sournoisement la nana en direction du sofa. Elle entrave la manœuvre et proteste.

— Non ! Non ! Pas tout de suite ! Pas comme ça !

Comment faut-il lui servir ça, alors ? En hélicoptère avec les deux pieds dans une soupière et un cor de chasse dans la main ?

J'aime pas tellement les compliquées. Parlez-
moi d'une bonne petite travailleuse qui se met
au boulot avec la volonté (j'allais dire inébran-
lable) de s'en payer une tranche et de ne pas
oublier le bonhomme dans ses prières !

Elle se coule hors de mes bras.

— Je vais préparer le thé...

— Oh ! Vous savez, je ne suis pas absolument porté sur l'eau chaude...

— Alors, que voulez-vous prendre ?

Mon regard lui apporte une réponse élo-
quente. Elle est toute confusionnée.

— Mais vous êtes un petit polisson !

Ce que les grognaces sont tartes quand elles
s'y mettent ! Un petit polisson, moi ! Je vous
demande un peu ! Elle a de l'imagination,
Gretta !

— Un scotch ?

— Voilà qui est raisonnable !

En riant, elle va chercher une bouteille
dans un placard et se dirige vers la cuisine.

— Seulement je n'ai pas de glace ! crie-t-
elle à la cantonade. Mon frigidaire est débran-
ché...

— Aucune importance, mon petit...

Elle revient, tenant deux verres dont l'un
comporte une formidable rasade.

— Dites, c'est pour moi, tout ça ?

— Oui, moi je n'aime pas beaucoup le
whisky ! Santé !

Elle a lancé ça d'une voix chantante. Je choque mon verre contre le sien et je déguste le breuvage. Son scotch n'est pas fameux, mais ça ne fait rien, car elle est assez jolie pour qu'on le lui pardonne.

J'en avale une seconde rasade et je pose mon verre sur la table basse du salon.

— Asseyez-vous...

Je me laisse choir sur le sofa. Elle vient se pelotonner contre moi et nous nous embrassons à bouche que veux-tu.

J'ai comme qui dirait de l'électricité au bout des salsifis... Je ne suis plus un homme, mais un transformateur... Ma main caresse un bas extra-fin tendu par un mollet parfait... C'est doux et c'est irritant à la fois. Je remonte... Elle proteste un peu parce qu'il faut bien sacrifier à l'hypocrisie qui régit la civilisation. Mais ma main remonte, remonte... Et voilà que soudain elle s'alourdit.

Je suis sans force. Un grand froid enserre ma tête. Bon Dieu, que se passe-t-il ? Je ne vais pas prendre un malaise ! Ça la foutrait mal.

Je retire ma main à grand-peine du charmant étau qui l'emprisonne... Je la porte à mon front. Bien que j'aie froid, il ruisselle de sueur.

Gretta me regarde :

— Ça ne va pas ?

J'ai la langue en plomb. Je réussis pourtant à répondre :

— Ce n'est rien...

Et puis je pige en découvrant les yeux de la femme blonde. Ses deux grands yeux myosotis ne sont pas inquiets mais scrutateurs. Ils me surveillent.

La colère parvient à m'insuffler des forces nouvelles.

— Espèce de garce... c'est vous qui...

Oui, c'est elle qui a foutu du bocon dans le whisky... Et moi, la bonne crêpe, j'ai avalé ça comme un œuf du jour ! Si on décerne un diplôme de la connerie, vous pouvez espérer que j'aurai le mien sans passer de concours. Dire que je croyais bêtement que la déesse en tenait pour ma géographie ! Non ! Ce que les hommes sont prétentiards !

A travers un brouillard qui s'épaissit rapidement, je distingue son sourire... Je vois arriver sa main vers moi. Une main fine, légère, qui pourtant possède une force peu commune puisqu'elle me fait basculer. Je tombe à la renverse sur le divan. Ça n'est pas Gretta qui est forte, c'est moi qui suis faible. Distinguo. Comme le dit si pertinemment Pierre Dac, il y a des gens qui s'imaginent que leur appartement est haut de plafond, mais en réalité, il est bas de plancher.

J'ai un geste de catcheur pour me redresser... Impossible. Tout mon individu est en plomb... Je pèse une tonne ! Dix tonnes ! J'ai la densité d'une baleine morte ou d'une charretée de fumier !

Le sourire de Gretta disparaît... Je perçois comme une lointaine sonnerie de cloches... Puis je cesse de fonctionner et c'est un lent vol plané dans le néant.

Lorsque je retrouve l'usage de mes facultés, je peux vous annoncer que mon réveil précédent, c'est de l'enfantillage à côté de celui-ci. Ma tête est comme une cage pleine de fauves affamés qui demandent à sortir... Ça remue, ça grogne, ça se bouscule là-dedans... J'ai mon compte !

Je suis dans l'obscurité intégrale. J'ai beau ouvrir les chasses, pas mèche d'en sortir... Je me fouille péniblement et je gratte une alouf. La petite flamme me découvre une cave vide munie d'une porte de fer. On a cimenté le soupirail et je suis là-dedans comme dans un tombeau.

L'allumette s'éteint, engloutissant le spectacle déprimant. Je gamberge, malgré les nausées qui me nouent les tripes. A chaque minute, j'ai une contraction de l'estomac qui me fait aller au refile... Une sueur glacée continue de couler sur mon front, mes dents

sont remplacées par une poignée de sable et
mon cœur bat de façon anormale...

Je pige que ça n'est pas un soporifique
qu'elle m'a fait avaler, mais bel et bien un
poison. Je suis encore vivant parce qu'il m'a
terrassé au bout de deux petites gorgées. Si
j'avais gobé la totalité du glass, je serais en
train de me faire condenser un nuage par
Saint Pierre à l'heure où je vous parle.

Comprenant que je dois absolument éva-
cuer cette saleté, si je veux m'en tirer, je me
carre deux doigts dans la bouche et je fais ce
qu'il faut pour libérer mon estomac de petit
polisson.

Je suis un peu délabré après cette séance...
Je remonte le col de mon imper et je m'aca-
gnarde dans un coin du mur... Je dois
attendre un peu que les forces me reviennent.
Je reste un moment dans un état comateux,
avec le cœur sur le ralenti. Et puis une pensée
me traverse le bol et ça me ranime.

Je songe à mon ami Mathias... Si à onze
heures je n'ai pas liquidé l'Albanais ou si je ne
l'ai pas averti, il ira au rancard et se fera
mettre en l'air !

Je regarde ma montre. Elle marque six
heures... L'avion arrive donc dans quatre
plombes ! Il faut que je sorte de ce sale trou.
La garce m'a traîné là, me croyant à l'ago-
nie... Pour le compte de qui a-t-elle agi ? Qui

donc m'a repéré et a voulu se débarrasser de moi ? Voilà un drôle de mystère que je devrai élucider un jour proche...

Laborieusement, je me mets debout. Je fais des embardées plutôt moches contre les murs. Mes cannes tremblotent.

Je gratte une seconde alouf. Ça me permet d'approcher de la porte... Je pousse l'huis d'un coup d'épaule, mais il ne bouge pas. Comme je n'aperçois aucune serrure, j'en conclus que la porte est fermaga de l'extérieur par un méchant verrou !

C'est la tuile ! On a raison d'une serrure avec de la persévérance et quelques notions, mais on ne peut rien contre un verrou lorsqu'on se trouve de l'autre côté !

Je suis très accablé. Selon toute vraisemblance, je suis bon pour claquer d'inanition dans cette cave. Car, plus je réfléchis, plus je me dis qu'on a sous-loué cette baraque dans une agence pour m'y conduire et m'y régler mon compte... Lorsqu'on me découvrira dans la cave, je serai sec comme une tranche de jambon de Bayonne et un tantinet bouffé des mites.

Je me perds, non en lamentations, ça n'est pas le genre du gars, mais en conjectures pour comprendre qui a ordonné mon décès anticipé. Est-ce le réseau Mohari ? En ce cas, il faudrait donc admettre que ces messieurs ont été mis au courant de ma mission.

Ça paraît extravagant parce que, seuls, le Vieux et moi savions ce que j'étais venu faire à Berne... S'agit-il d'une autre équipe de malfrats sur le point d'accomplir un coup d'à-l'œil et qui m'a reconnu à ma descente d'avion ? Possible, après tout ! J'ai des tas d'ennemis de par le vaste univers. Ces gnards auraient cru que je radinais pour leur souhaiter leur fête et ils auraient pris les devants ? Oui, ça doit être un truc de ce genre. En attendant, le mec San A, l'homme qui remplace le sirop d'érable et le grille-toasts électrique, est dans un drôle de piège à rats !

Mon petit lutin portable, celui qui est en somme mon poisson-pilote, me dit de garder mon calme et de faire le tour de la situation. C'est un petit Jules de bon conseil... Je commence par inventorier mes vagues afin de réaliser mon patrimoine (de St Bernardin, dirait un étudiant en médecine). Par veine, la belle blonde désirable me croyant en plein coma a négligé de me faire les poches. J'ai sur moi tout mon matériel de camping, à savoir : mon soufflant, un chargeur de rechange, un stylo, une pochette d'allumettes, un couteau de poche, un trousseau de clés, un mouchoir... Plus mon larfeuille avec mes fafs et le carbure.

Je suis donc à la tête de multiples objets qui peuvent faire évoluer la situation en ma faveur... Si au moins un gnard avait la good idée de se la ramener pour me délivrer le permis d'inhumer ! Je lui sauterais sur le haricot et ça me donnerait la clé des champs sur fond d'azur ! Mais va-te-faire-lanlaire !

Un silence épais comme un compte rendu de la Chambre plane sur la maison. Je suis englouti au fond d'un puits...

Je m'approche de la lourde et je gratté plusieurs allumettes pour essayer de localiser l'endroit où se trouve le verrou. Je finis par le repérer. Je biche mon couteau et je me mets à racler le ciment à ce point de l'encadrement. Ça s'effrite un peu, mais je ne parviens qu'à creuser un petit trou entre deux pierres... Un trou ? Non ! Un alvéole plutôt.

Il suffit à mon projet. Je vide mon chargeur de rechange pour en récupérer les balles. Puis, avec mon couteau, j'écarte les douilles pour extraire les balles proprement dites.

Lorsque cette opération est terminée, je dispose de six petits récipients de cuivre bourrés de poudre. Je dévisse mon stylo, sors la cartouche d'encre et emplis le corps de l'objet avec les six doses de poudre. Je déchire une petite bande de toile à mon mouchoir. Je la tords et prends l'extrémité dans le stylo plein de poudre que je revisse. Ensuite j'in-

troduis le stylo dans l'alvéole que je viens de
creuser. J'allume l'autre bout du mouchoir et
je vois que ça s'enflamme illico. Je n'ai que le
temps de me plaquer contre le mur, à gauche
de la lourde. Il se fait une explosion carabi-
née. Une sale odeur de poudre et de brûlé se
répand dans la cave. Je m'aventure devant la
lourde et j'ai le plaisir de constater que
l'explosion a lézardé un gros morceau du
montant de ciment... Je pèse sur la porte. Elle
reste close, pourtant je la sens frémir. Un
nouveau coup d'épaule plus puissant et la
porte remue nettement. Les boucles empri-
sonnant le verrou s'arrachent du mur, sous
ma poussée... Il n'est que de continuer cet
exercice... Chaque fois, j'ai la satisfaction de
sentir céder la porte... Au huitième coup de
boutoir le gars San Antonio va valdinguer
dans les décors, c'est-à-dire dans un couloir
obscur.

Je me ramasse et gratte ma dernière allumette. Un escalier s'amorce, devant moi... J'y
cours... En haut, une nouvelle porte s'interpose entre Bibi et la liberté. Elle est en bois et
je n'ai pas la moindre difficulté à la raisonner.
Me voici dans un hall carrelé. Je traverse le
salon où la belle Gretta m'abreuva de si gente
manière. Nos deux verres se trouvent côte à
côte sur la table basse. Je flaire le mien, il
dégage une odeur légèrement amère. Celui de

Gretta, par contre, sent seulement le scotch… Je fais un tour du propriétaire qui confirme ma supposition : il s'agit d'une maison sous-louée. Dans les autres pièces, les meubles sont recouverts de housses et il n'existe qu'une boutanche de scotch dans la baraque… Elle est inhabitée depuis belle lurette !

Ma breloque annonce huit heures… Je sors… Dehors, le soleil tiède poudre le monde d'une lumière blonde (1). Je respire à pleines éponges l'air suisse, le meilleur de tous. Cet air qui a fait la fortune de cette vaillante petite nation et que la Confédération Helvétique exporte aux quatre coins du monde.

Merci, mon Dieu, de m'avoir tiré de ce pétrin. Il y a des moments où je suis transporté par la ferveur.

Je chope un tramway propre comme un jouet, à l'arrêt suivant. Vous me croirez si vous voulez (et si vous ne voulez pas je m'en balance), mais je suis en parfaite condition physique malgré l'absorption du poison. Ça m'a fait une sorte de tubage. J'ai presque faim !

Je descends dans le centre de la ville, près

(1) Une phrase de ce genre appartient à ce que j'appelle la fausse littérature. Bien qu'apportant à cet ouvrage une note relativement poétique, elle utilise pour cela des clichés périmés qui seraient indignes d'un écrivain de mon talent s'ils ne se trouvaient là à titre d'exemple.

des fontaines bariolées. Et je pénètre dans un
bureau de poste. Je demande Paris. Cinq
minutes plus tard j'ai le Vieux au bout du fil.

— Ici San Antonio...

Il murmure.

— Le Voyageur est parti, faites-lui bon
accueil...

— O.K...

J'ai envie de lui parler de mes avatars de la
veille, mais j'y renonce parce que ça n'est pas
le moment de m'étendre sur ces questions
secondaires pour lui.

— Vous avez pris vos dispositions ?

— Oui. Ne vous tracassez pas !

— Alors à bientôt !

Il est optimiste, le Patron. Le dargeot dans
son fauteuil pivotant, au troisième étage de la
maison poulardin, il ne craint pas grand-
chose et peut apprendre à nager dans l'eupho-
rie !

— Espérons, grommelé-je en raccrochant.

Maintenant au turbin. Je vais écluser un
bol de café noir avec une flopée de croissants.
Ensuite c'est un marc de Bourgogne de la
bonne année et, fouette cocher, je me lance
dans les bégonias.

Mes deux tires louées sont toujours dans le
parking où je les ai laissées.

Je prends la Porsche pour commencer et je

la pilote jusqu'au carrefour repéré la veille et qui se situe à mi-chemin de l'aérodrome.

Je la range dans une voie perpendiculaire à la route qu'empruntera Vlefta... Je prends un tramway jusqu'en ville et je grimpe cette fois dans la Mercédès. Je commence à connaître par cœur le trajet jusqu'à l'aérogare. Il est dix heures moins vingt lorsque j'y parviens. Le zoziau de New York est annoncé pour dix plombes et quelques poussières. J'ai le temps de me farcir un double cognac au bar luxueux... La barmaid est jolie comme... (j'allais dire un cœur. Vous trouvez qu'un cœur est joli, vous ? A mon avis c'est répugnant. Ce qui prouve que les symboles pervertissent tout !)... Mettons qu'elle soit jolie comme un bouquet de printemps et n'en parlons plus. Je ne peux m'empêcher de la regarder, bien que mon penchant pour les bergères bien roulées soit moins vif depuis quelques heures. Elle a un sourire qui est la mort des boutons de pantalon et des roberts qui vous rappellent que la Suisse est un pays laitier.

Je lui demande ce qu'elle fait ce soir, elle me répond qu'elle sort avec son fiancé. Son fiancé s'appelle Frank et il est aviateur. J'espère qu'il sera à la hauteur !

J'offre l'apéritif à la douce gosseline. Elle se boit un Cinzano et me raconte la vie de l'homme de la sienne. Sujet d'élite, s'il vous plaît... Premier à tous les concours... Et aimant avec ça ! Et beau gosse ! Une seule ombre au tableau dans leur idylle : il est protestant et elle catholique ! Alors n'est-ce pas, tiraillement dans les familles : la bataille de l'eau de Lourdes, quoi !

La pauvrette se lamente. Elle veut bien embrasser son fiancé, mais pas sa religion.

Je lui conseille fortement de choisir un dénominateur commun. Pourquoi ne se feraient-ils pas mahométans l'un et l'autre ? Elle rit. Je ris aussi. Pas longtemps, car ma pauvre frite se reflète dans la glace du bar au milieu des petits drapeaux de tous les pays homologués sur la planche en couleur du Larousse au mot pavillon.

J'ai une tronche de déterré. Je fais un peu masque de cire ! Heureusement, le haut-parleur annonce l'arrivée imminente de l'avion de la T.W.A. Je finis mon verre et paie nos orgies.

— Embrassez le fiancé pour moi ! lancé-je à la môme.

— Vous attendez quelqu'un ? me demande-t-elle.

— Oui...

Elle me téléphone un clin d'œil salingue.

— Votre bonne amie ?

— Non, un vieux camarade de régiment !

On a fait la guerre ensemble, et on va peut-
être la refaire... Quand une habitude est
prise, vous savez, pour s'en débarrasser !

Je quitte le bar sur ces mots et m'approche
du terrain. Un point argenté scintille dans le
ciel, pareil à une escarbille de soleil (1).

Le point vrombit et se précise... Il tourne
lentement au bout de l'horizon, décrivant une
trajectoire harmonieuse... Puis il se pose en
souplesse au bout du terrain et lentement se
rapproche en rampant, semblable à quelque
monstre antédiluvien. Les hélices commen-
cent à être visibles. Elles ralentissent et
s'arrêtent.

J'attends.

Vous dire que je suis à mon aise serait
exagéré. On éprouve toujours une sacrée
anxiété lorsqu'on attend un Monsieur pour
lui régler son compte.

---

(1) Que de force, que d'originalité dans cette image ! San
Antonio est décidément le romancier qui domine sa généra-
tion.

Sainte Beuve.

Vlefta ne me fait pas languir puisqu'il apparaît en seconde position en haut de la passerelle. De mon poste d'observation je le reconnais facilement. Il porte un pardingue en poils de Camel et tient une grosse servetouze de cuir à la main. C'est un garçon grand et blême. Il n'a pas de chapeau. Ses tifs longs lui tombent dans le cou.

Il dévale les marches roides et s'avance vers le poste de douane. Je vois alors un gros type descendre d'une bagnole en stationnement et s'approcher de lui. Le nouveau venu a la peau couleur vieux bronze. Il est chauve et ses vêtements manquent de modestie. Une cravate rouge dans le nœud de laquelle est piquée une griffe de tigre captive les regards...

Au sortir de la douane, Vlefta s'approche du gros. Échange de poignées de mains. L'Albanais paraît morose. Peut-être a-t-il un pressentiment, après tout ? Son compagnon

ressemble à un gros beignet sortant de la
friture... Il sue la graisse par tous les pores.

Tous deux gagnent l'auto du mahousse.
Moi je bondis dans la mienne et je me lance
sur la route, les précédant de quelques dizai-
nes de mètres.

Leur guinde est une Alfa Roméo. Cela
m'inquiète parce que c'est le genre de bahut
qui détale, et ça me botte parce que la
carrosserie est légère.

Ils me doublent. Un instant, j'ai peur qu'ils
ne mettent toute la sauce et me sèment du
poivre, mais ils n'en font rien et se contentent
d'un bon petit quatre-vingts de père de
famille.

J'attends un bout de moment. Puis, lorsque nous approchons du carrefour, j'appuie
sur le champignon. L'aiguille du compteur
tourne de gauche à droite... Quatre-vingt-dix,
cent, cent dix... Je vais pour doubler, et les
deux passagers de l'Alfa ne se gaffent de rien.
Brusquement je pique sur eux comme si je
n'étais plus maître de ma direction. J'aime
autant vous dire que ça produit une vilaine
impression. Faut être jap pour jouer à
l'homme-torpille... Je vois diminuer la dis-
tance séparant les deux tiers et grossir l'arrière de l'Alfa Roméo. Mon petit lutin me
dit : « Cramponne-toi au volant, San Antonio, et fais gaffe au pare-brise... » Il serait

stupide que je me fracasse le bocal contre ma vitre.

Le choc est soigné ! L'emboutissage fait un bruit qui réveillerait un dortoir de cataleptiques. L'Alfa perdant tout contrôle quitte la route et va percuter un mur, sur la droite. Ma Mercédès, défoncée à l'avant, est immobilisée en travers de la voie.

Le Gros suifeux et Vlefta sont un peu commotionnés. Ils essaient de se dégager. Des gens accourent. Je dégaine mon pétard de ma poche intérieure et je le braque sur Vlefta. Il a un regard fou. Je presse la gâchette à trois reprises et ses yeux s'éteignent. A côté de lui, le beignet ne bouge plus et vire au vert bouteille. Je chourave prestement la serviette de cuir sur les genoux de Vlefta. Pourquoi ce geste ? Je ne saurais vous le dire exactement. Sans doute pour essayer d'expliquer mon acte aux yeux des zigs du réseau Mohari. Afin qu'ils croient que le vol de la serviette était l'objectif recherché.

J'ai agi avec tant de promptitude que les passants accourus n'ont pas remarqué mon geste homicide. C'est seulement lorsqu'ils me voient mettre le cap sur la seconde voiture qu'ils pigent que ça tourne au vinaigre et qu'il ne s'agit pas d'un accident normal !

J'entends des cris :

— Arrêtez-le !

Je bombe... Un brave facteur s'interpose.
Je lui rentre dans le chou bille en tête et il
tombe assis sur son sac de courrier.

J'arrive à la chiote. La Porsche se fait tirer
le démarreur avant de ronfler. Dans ma hâte,
j'ai oublié de mettre le contact. Enfin elle
vrombit. Je passe la seconde et file un coup
d'accélérateur, les pneus miaulent sur le pave-
ton. La voiture chasse du prose et se rue en
avant.

J'ai le traczir, en toute honnêteté.

Une vilaine pétoche du plus beau vert qui
fait un nœud à mon intestin grêle.

Maintenant, j'ai accompli ma mission,
d'ac, mais je suis un homme traqué. Vingt
personnes m'ont vu et ont eu le temps de
relever le numéro de ma pompe. D'ici pas
longtemps, les flics suisses qui n'ont pas
grand-chose à branler vont mettre la gomme
sur les talons de votre petit camarade. Je roule
tant que ça peut. Je double des bagnoles,
franchis un passage à niveau et débouche sur
une route plus importante.

J'hésite un court instant... J'ai le choix : ou
bien je rentre dans Berne, ou bien je prends la
direction de la France...

La seconde me séduirait davantage, vous
vous en doutez, seulement elle est impru-
dente car si je me lance sur les petites routes je
ne tarderai pas à me heurter à un barrage. Ce

serait mauvais pour ma santé. Félicie m'a élevé à la farine Nestlé et il serait stupide de réduire à néant ces années de gavage par une fausse manœuvre.

J'opte donc pour le retour à Berne... Je passe devant un quartier de cités ouvrières et je radine dans la ville. J'avise un portail démantelé clôturant mal une propriété à l'abandon. Je descends, je l'ouvre et je rentre la calèche, que je vais dissimuler derrière un pan de mur à demi écroulé. Je quitte mon bada et mon imper, je pose mes lunettes et je biche la serviette. Je moule la propriété abandonnée, docte comme un architecte venant de tirer des plans sur la Versailles (1).

Une fois de plus, je vais prendre le tramway. Me voici en ville, parfaitement libre. Si je ne suis pas la moitié d'un lavement d'occasion, je vais me déchoser de prendre le train pour Pantruche. Parce que m'est avis — et c'est itou celui de mon lutin de poche — qu'il va y avoir de la galopade chez les condés bernois. Ces messieurs vont mettre le grand développement pour essayer de m'alpaguer.

Je me pointe à la gare, fier comme un petit banc. A ces heures, l'agitation est intense. Je m'approche d'un guichet et je prends une

(1) L'auteur a dû vouloir dire sur la Comète.
                                        Les Éditeurs.

first classe pour Paris. Avec ce bifton en
fouille il me semble que j'y suis déjà... Nanti
du morceau de carton je me renseigne au
tableau des départs et je vois que mon bolide
part dans deux heures. Ça ne m'enchante pas,
car c'est beaucoup de temps perdu à un
moment où il ferait bon se trouver ailleurs.

Ce temps mort est d'autant plus regrettable
qu'une gare est l'endroit idéal pour la flicaille.
Sitôt qu'il y a un zig en cavale quelque part,
c'est toujours autour d'un quai de gare qu'on
va l'attendre... Enfin, espérons que mon ange
gardien s'est acheté une peau de chamois
neuve pour astiquer ma bonne étoile !

J'achète des journaux, — cela constitue un
paravent merveilleux — et je vais m'asseoir au
buffet. Je commande un verre de picrate de
Neuchâtel et un sandwich au fromage. J'ouvre un canard dont le texte m'indiffère et je
m'oblige à lire le feuilleton tout en tortorant.

Il bonnit la bath et navrante histoire d'une
petite fille trouvée sous un porche d'église et
recueillie par un lieutenant de cavalerie. Le
lieutenant a confié la petite fille à sa grand-
mère pour qu'elle l'élève. Sur le présent
numéro, la môme a grandi. Elle vient de
passer son bac et le lieutenant revient des
colonies où il a découvert un important
gisement de chewing-gum. Elle est tellement
devenue jolie que l'ex-lieutenant, encore

jeune pour son âge, bien que revenant de loin, n'en revient pas. C'est un homme de trente-cinq ans qui a de la fortune, une moustache blonde, la médaille militaire et de la suite dans les idées. Il est troublé par la poitrine agressive de la petite jeune fille et tout laisse à prévoir qu'il l'épousera, à moins que l'auteur n'ait eu une crise de foie en terminant le roman et n'ait fait découvrir par un document secret caché dans le tiroir de la cravate de l'officier que la môme n'est autre que sa sœur illégitime...

Les mots « à suivre » laissent pleins pouvoirs à mon imagination. Je file un coup de saveur autour de moi. Ça paraît tranquille. Le loufiat qui m'a servi et m'a l'air d'appartenir à la jaquette flottante s'extasie devant une photo de magazine représentant le plus bel athlète in the world.

Je l'arrache à sa contemplation en sollicitant un autre verre de blanc. Ce petit pinard est joyeux comme une ronde d'enfant (1).

Je le bois avec délectation. J'ai besoin de me colmater le buffet. Besoin de balayer de ma mémoire le regard fou de ce pauvre Vlefta qui louchait sur mon pétard...

Quel métier ! Si je m'écoutais, j'enverrais

(1) San Antonio est le maître incontesté de la métaphore.
Saint-Simon.

tout promener : le Vieux, les Services, les
Missions délicates... Seulement, quand la
voix de ma raison l'ouvre, les doigts de ma
témérité s'enfoncent dans mes portugaises...

Une heure vient de s'écouler. Le secteur est
normal. Des gens vont et viennent, sans
prendre garde à moi.

Je m'efforce de ligoter les nouvelles. Les
caractères se brouillent devant mes yeux... Je
suis à bout de nerfs. Comme dit un de mes
potes du mitan, Fernand-le-fiévreux, quand
on a du fading dans la moelle épinière, il vaut
mieux s'efforcer de penser que l'on est, que
d'être parce qu'on pense.

Je rabats le baveux. Et bien m'en prend,
because à cet instant trois mecs drôlement
baraqués viennent d'entrer dans le buffet. Et
ces polichinelles, croyez-moi, ont plus de
chance d'appartenir à la grande taule qu'à la
ligue pour le goûter des femmes enceintes.

Je n'hésite pas longtemps. C'est à moi qu'ils en ont, les méchants matuches. Quand on est poulardin et qu'on pénètre dans un buffet de gare en se détronchant pareillement, c'est fatalement qu'on déploie le grand périscope pour tenter de repérer un quidam.

Pour l'instant, ils regardent au fond de la grande salle. Il y a beaucoup de peuple et ça leur demande une attention soutenue. Je fais signe au garçon. Il s'approche, me servant d'écran. Je le règle en le baratinant pour gagner du temps. J'avise la porte des toilettes sur la droite. J'ai juste le temps d'y aller avant que les archers ne fassent demi-tour.

Je fonce, la tronche rentrée dans les épaules et je vais m'enfermer dans un de ces lieux solitaires qui perpétuent la gloire de l'empereur Vespasien.

C'est du temps de gagné... Mais du temps seulement, car je puis passer le restant de mes

jours entre ces murs de mosaïque. Je m'assieds sur l'abattant de la cuvette et, pour
tromper mon impatience, j'ouvre la serviette
de cuir dénichée sur les genoux de ma
victime.

Elle contient des tas de trucs. Primo des
papiers écrits en anglais, c'est-à-dire que je ne
puis ligoter, n'étant pas polygone. Deuxio
une carte d'Afrique du Nord constellée de
croix au crayon bleu et de lettres au crayon
rouge. Troisio un chèque d'un million de
francs suisses, tirés sur la banque fédérale de
Berne par un certain Maguib.

Ce chèque se trouve dans une enveloppe de
bristol sur laquelle rien n'est libellé.

Il est rédigé « au porteur », ce qui boule-
verse, vous vous en doutez, toutes mes
conceptions bancaires. Parce qu'enfin, un
million de francs suisses représentent près de
cent millions de francs français, et on a beau
chialer sur la dévaluation de notre mornifle, il
faut reconnaître qu'avec cette somme on peut
déjà s'offrir un chouette pot-au-feu avec des
cornichons pour mettre autour !

Cent briques au porteur ! Cent briques que
le premier gland venu, moi, par exemple,
peut aller encaisser ! J'en ai un vertige. Non
que je sois cupide, c'est pas le genre de la
maison. Je suis de ceux qui pensent qu'il ne
faut pas avoir beaucoup d'argent, mais qu'il

importe d'en avoir assez ! Et j'en ai toujours eu à ma suffisance pour me loquer convenablement, faire becqueter Félicie et payer un café-crème-croissant aux petites femmes qui avaient des bontés pour moi.

Seulement, nous vivons dans une époque pourrie, régie par le grisbi — c'est un secret pour personne — et un chèque de cette importance impressionne presque autant que les Chutes du Niagara.

Tout à ma surprise, j'ai oublié les bourdilles draguant dans le secteur ! A plusieurs reprises, le loquet de ma loggia a remué. Probable qu'un zigoto a besoin du terrain.

Je roule les papiers et les glisse dans ma poche intérieure. Je plie la carte en deux pour l'introduire dans la vague de ma veste... Et je planque le chèque dans mon larfeuille.

A mon avis, Vlefta apportait au réseau Mohari une subvention allouée à la cause par un grossium égyptien. Ce qui serait poil-poil, c'est si je parvenais à sucrer le carbi. Ils en feraient un renifleur, les gars !

Je me hasarde hors des toilettes. Pas fâché d'en sortir, parce que cet endroit a beau posséder la blancheur Persil, il vous déprime un peu.

Devant la lourde, il y a un zig qui attend. Un vieux chnock grisâtre avec des yeux en

virgule. Il danse sur place en attendant que je
lui restitue la place.

A peine suis-je sorti qu'il s'y catapulte.

J'avance jusqu'à la lourde ornée d'une
glace. J'entrouvre celle-ci et, grâce à la glace
que je fais jouer, je peux découvrir toute la
salle. Les bonshommes Michelin ont dis-
paru...

Un haut-parleur annonce que mon train est
en formation sur la voie K. Je m'y dirige et je
grimpe dans un wagon de seconde classe. Je
lance la serviette vide dans un filet et je me
mets à suivre le couloir jusqu'à un wagon de
première.

Le train est presque vide. Je choisis un
compartiment désert et je me mets tout contre
la portière du couloir, le dos vissé à la
banquette. Il me suffit de pousser un tantinet
le rideau de gros drap masquant la vitre pour
me rendre invisible depuis le couloir. Si des
matuches « font » le train, il y a quinze
chances pour une pour qu'ils se contentent de
jeter un simple regard de l'extérieur... Ils ne
me verront pas...

J'attends, la gorge serrée dans un étau. Il y
a chez un vrai poulet une espèce de métro-
nome qui se met à fonctionner dans son crâne
dès que se précise une sensation de péril.

J'attends. Ma raison me dit qu'il ne peut
plus rien m'arriver, mais mon instinct me

brame « vingt-deux » dans les éventails à
libellules.

Quelques minutes s'écoulent. Des voyageurs montent dans le train. J'en entends qui
s'installent dans le compartiment voisin et qui
se mettent à jaspiner en suisse allemand.
Quelque part, un mouflet pleure (en suisse
allemand aussi). Des heurts... Des cris... Des
halètements... Bref, tous les bruits merveilleux d'une gare. Merveilleux, car ce sont des
bruits de vie ! Des bruits qui enivrent.

Je me sens un brin pâlichon des genoux.
J'ai l'estomac qui fait bravo et un froid
sournois plaque sur ma terrine un masque
astringent. J'attends... Je file un regard obli-
que à ma tocante. Elle n'est pas suisse, mais
elle indique l'heure tout de même.

Je constate que mon bolide va décarrer
dans treize minutes. Espérons que ce nombre
ne me portera pas la cerise...

Je déguste par avance le soupir de soulage-
ment que je pousserai lorsque j'aurai franchi
la frontière.

Oh les mecs ! cette délivrance ! Je m'allon-
gerai sur la banquette et j'en écraserai. Car
enfin, je n'ai pas eu beaucoup de repos durant
ces vingt-quatre heures !

J'ai été empoisonné et emmuré... J'ai tué
un homme après avoir provoqué un accident
d'autos... J'ai...

Je porte la main à mon portefeuille. J'ai
non seulement accompli mon turbin, mais
chouravé cent briques à nos ennemis...

Seulement, parviendrai-je à la passer, cette
sacrée frontière ? Les employés de la maison
pébroque sont maintenant en possession de
mon signalement complet. D'heure en heure,
ma bouille a dû se préciser pour eux. Entre les
témoins de l'assassinat, les loueurs de voiture,
les gars de l'hôtel où j'ai retenu une piaule qui
ne m'a pas servi, la serveuse du bar de
l'aéroport, mon portrait parlé s'est constitué,
plus vrai que nature !

Brusquement, j'éprouve comme un pince-
ment à la nuque. J'entends des pas dans le
couloir. Des pas qui s'arrêtent devant chaque
compartiment... J'entends s'ouvrir les portes
et je les entends se refermer sans qu'une
parole soit proférée. Pas de doute... C'est une
patrouille de bignolons... Je me fais tout
petit, tout petit ! Si ça continue, je vais finir
par faire partie du capitonnage de ma banquette. Ce serait pour l'instant mon rêve le
plus cher.

Les pas approchent. Je vois bouger la
poignée de la porte à glissière. Une main
puissante la tire en arrière et la lourde s'ouvre
brutalement. Je ferme les carreaux et fais
semblant d'en écraser... Entre mes cils bais-

sés, je distingue deux visages fermés. Ce sont deux des poulets aperçus au buffet.

Ils regardent et m'examinent. L'un d'eux entre dans le compartiment. L'autre reste dans l'encadrement de la porte. Celui qui vient d'entrer me touche le bras en disant quelque chose en allemand. Je sursaute comme un homme réveillé. Je lui fais un très joli sourire de cent quarante de large.

Puis, comme rappelé à une réalité élémentaire, j'extrais mon billet et le lui tends comme si je me méprenais sur la nature de ses fonctions.

Ça manque réussir. Il est un tantinet désarçonné, le costaud. Visiblement, il n'a pas inventé l'appareil à sculpter les éponges. Il quête un avis de son collègue, lequel paraît plus vachard. Ce dernier a un hochement de tête qui m'est fatal...

Il s'avance aussi dans le compartiment. Pas d'erreur, mes agneaux, c'est le commencement de la fin. Avec ce que j'ai sur moi, je suis certain de filer droit à la maison aux mille lourdes de Berne.

— Vous désirez ? demandé-je d'un ton impatient.

— Présentez-moi vos papiers !

Naturellement, pour accomplir ce turbin délicat, j'ai pris une identité bidon. Mais en cette minute, je le regrette, parce que si je pouvais leur exhiber mes fafs de mathon, ils feraient camarade, les collègues bernois.

Le suspicieux, un garçon blond à la mâchoire carrée et aux cheveux coupés courts, examine mes papiers.

Il a un signe éloquent pour son copain. L'armoire se met en devoir de me fouiller. Caramba ! Moi qui ai conservé la pétoire de l'attentat ! Sa grosse paluche de broyeur de gueules va droit sur le renflement de mon costar. Il pêche la seringue avec une promptitude déconcertante.

L'autre a déjà tiré des menottes et s'apprête à me les passer. C'est le moment de tenter ma chance à la Loterie nationale, vous ne pensez pas ?

Le moment, en tout cas, de chanstiquer l'ordre des facteurs !

Je me jette en arrière, replie simultanément mes guiboles et balance un coup de pied à la lune dans les mandibules de l'homme aux poucettes. Il prend mes quarante-trois d'homme sérieux en pleine poire et ses ratiches se mettent à jouer « Pars sans te retourner » au xylophone. L'autre, le costaud, me colle un une-deux à l'estomac qui me retourne l'intérieur comme on retourne un pull-over et me rend tout chose.

Je m'abats, momentanément cisaillé. Le gros reprend de l'élan pour me donner un nouvel échantillon de ses connaissances pugilistes ! Je ramasse un crochet à la pommette, un direct au front et je me mets à compter des nébuleuses... Le perdreau que j'ai assaisonné est assis en face de moi, la bouche en sang. Il s'extrait les chailles, les unes après les autres, comme on effeuille une marguerite, et les pose sur la banquette.

Ce spectacle le déprime, mais galvanise son coéquipier qui revient à la charge, plus fringant qu'un taureau. Il va pour me pêcher une nouvelle fois et, comme il entend que ce soit la grosse dose de soporifique, il y met tout le pacson. Malheureusement pour ses phalangettes, j'ai le réflexe de tirer ma hure de son champ et son poing monstrueux s'abat sur un coquet paysage représentant un moulin à vent sur un horizon de tulipes. La Hollande fait mal lorsqu'elle est reproduite sur une tôle émaillée. Le méchant assommeur émet un gémissement qui fendrait l'âme d'un percepteur.

Du coup, sa souffrance me sort de ma léthargie. Je lui plombe un coup de boule dans la boîte à ragoût. Il part en arrière. Nouveau coup de pied à la lune, mais, comme je manque de recul, au lieu de prendre ça à la mâchoire, il le bloque dans cette partie de son individu où sont rassemblés les accessoires lui permettant de perpétuer son nom. Un coup de latte à cet endroit fait plus de mal qu'un coup à l'amour-propre... Il émet, — je m'excuse auprès des petites natures —, un affreux borborygme et se répand dans la travée du compartiment.

Moi, je l'enjambe et fonce dans le couloir. L'homme à la ganache perturbée oublie ses ratiches sur la banquette pour se lancer à ma poursuite... J'ai cinquante centimètres d'avance, pas plus... Comble de pommade, le wagon est encombré. Je cramponne une dame veuve par son voile de crêpe et je la balanstique dans les bras de mon poursuivant qui paraît avoir l'honneur de lui demander sa main. Il l'obtient, mais sur le groin, car la vioque est en pétard. Si elle aime le tennis, ça n'est pas pour tenir lieu de balle.

Je grimpe sur une valoche et je saute par une vitre ouverte sur le quai...

Et maintenant, mesdames-messieurs, les coudes au corps ! Bon baiser, à mardi ! Je bouscule des gens, je renverse des bagages... Grosse galopade sur l'air fringant de Cavalleria Rusticana... De la bourdillerie se pointe à la rescousse. Ça siffle comme sur un bateau au cours des manœuvres en Méditerranée.

Je me sens des ailes ! Rien de tel que d'avoir une escouade de matuches au prose pour pulvériser les records de Jazy. Je gagne la sortie de la gare. Il y a làga un employé grand et austère comme un avis de décès qui, alerté, me barre le passage. Je lui tends mon ticket en oubliant d'ouvrir la main. Le ticket et son réceptacle atterrissent à la pointe de son menton. Le gars passe par-dessus le portillon et, à la façon dont son crâne cogne le mur, il en aura pour un bout de temps à chercher les noms des conseillers cantonaux de son pays.

Au sortir de la gare, j'aperçois un camion rouge qui s'ébranle. Je lui cours après et réussis à m'agripper sur le marchepied. Le chauffeur éberlué me regarde.

— Perds pas le nord, papa, et appuie sur la pédale de droite, lui dis-je.

Il obéit en louchant vers le rétroviseur.

Nous bombons dans les rues, sous les yeux ahuris des passants. Inutile de rester à mon poste. Les flics vont se lancer à ma poursuite avec des engins motorisés plus rapides que le camion.

A un virage, je saute... J'ai un regard autour de moi. Dans ces cas-là, on n'a pas le temps de se faire écrire un discours sur la nécessité de la betterave sucrière dans les colonies polonaises... Il faut improviser et se manier furieusement la rondelle chromée.

J'avise un petit pâtissier qui descend de vélo avec sous le bras un panier contenant un Saint-Honoré à la crème.

Je déshonore le Saint-Honoré en le lui

collant sur le naze, et j'enfourche le braquet !
A moi Kubler ! J'y vais en danseuse, la langue
traînant sur le pédalier... Je bifurque... Je me
fous de la direction. J'aime la fantaisie et n'ai
jamais été pour les voyages organisés...

Je pédale, je pédale, comme dirait Char-
pini.

Je biche des sens interdits, je me lance dans
des ruelles à escaliers. Un vrai numéro. A
Pinder, on louerait trois mois à l'avance pour
assister à mes prouesses.

De temps à autre, je file un coup de
jumelles marines par-dessus mon épaule.
Mais la nature est d'une sérénité à toute
épreuve. Berne baigne dans un soleil pâle qui
lui donne une luminosité d'aquarium (1). Les
habitants sont tranquilles et n'ont pas l'air de
se douter du drame.

Je dépose la bécane du pâtissier contre un
seuil et je m'engage dans une petite rue
vieillotte (ce qui vaut mieux que de s'engager
à liquider la faillite d'un producteur de
cinéma).

Il fait bon vivre. Un calme rose stagne en
moi. J'ai comme une idée que je suis sorti de
l'auberge...

_____

(1) San Antonio ne serait-il pas notre plus authentique
poète ?

                                        Diderot.

Le quartier où je me trouve est tranquille. Il se compose de demeures cossues. Si je le quitte, je tomberai fatalement sur un cordon de police. Les condés savent maintenant que je suis dans Berne et la ville va être passée au peigne fin. Pour une fois qu'ils tiennent un beau crime à sensation, ils ne vont pas le classer dans le tiroir aux vieux bouts de ficelle !

Il est urgent que je profite de la courte accalmie pour me trouver une planque. Seulement, ça n'est possible qu'en théorie. Qu'est-ce qu'une théoplanque ? Un endroit où l'on peut s'installer sans crainte d'être repéré, vous êtes bien d'accord ? Où donc m'installerai-je en étant traqué, en ne pouvant me présenter dans un hôtel ou une pension de famille et en...

Je m'arrête. Les mots « pension de famille » ont griffé au passage mon entendement. Ils évoquent confusément quelque chose au tréfonds de mon être.

J'y suis. C'est dans une pension de famille que loge Mathias. Si je parvenais à le contacter, ce brave ami, sans doute pourrait-il me sauver la mise. C'est un service que moralement il me doit, puisque c'est en garant ses os que je me suis fichu dans le merdier.

Mais comment le contacter ? Je ne sais où est sa crèche... J'ignore s'il a le téléphone et je

ne puis m'aventurer dans un bureau de poste
pour me rancarder.

Je me creuse le citron avec un ciseau à
froid, sans résultat. Toutes ces façades bour-
geoises m'impressionnent comme si elles
étaient d'abruptes falaises.

Je me cabre en apercevant la silhouette
d'un poulet au bout de la strasse. Fâcheux
mouvement. Il a attiré l'attention de
l'homme. Et c'est pas un manchot du cerve-
let. Ce type-là n'a pas de la confiture de
framboise à la place du caberlot. A peine vu,
je suis repéré, je suis reconnu. Voyez sifflet !
Il en sort de très jolis sons. Un peu aigus pour
mon tympan, peut-être, mais qui charme-
raient néanmoins une famille de cobras.

Je fais demi-tour ! Malédiction ! J'avais tort
d'être peinard... D'autres pingouins, alertés
par le sifflet du copain, s'annoncent par
l'autre bout ! Une vraie invasion ! Ils font
l'élevage, décidément, chez nos aminches
transalpins ! Voilà un pays où on ne fait pas la
guerre, mais où on rencontre plein de soldats !
Où l'on ne trucide pratiquement pas son
prochain, mais où les flics sortent du plus
petit trou de gruyère ! Un cauchemar...

J'ai une pétoche de tous les diables. Pour
mes confrères suisses, je suis un dangereux
criminel et je vous parie une bande Velpeau
contre une bande de c... que si je me prends

encore à la castagne avec eux, je dégusterai mes ratiches, cette fois.

Ce que la vie est locdue ! Voilà des gars avec qui j'ai toujours entretenu les meilleurs rapports ! Pour lesquels j'ai une sympathie instinctive, et les circonstances font que je doive les fuir comme douze épidémies de choléra réunies.

J'avise un porche monumental... Je le franchis et referme la lourde à la volée. Derrière, il y a la clé dans la serrure. Je donne un petit tour, manière de gagner du temps. Pendant qu'ils vont se triturer les biscotos là-dessus, moi je pourrai peut-être dégauchir un trou de rat par lequel il me sera possible de filer.

Peut-être péché-je, par excès d'optimisme, me direz-vous ; pourtant, il vaut mieux voir la vie en rose, car elle est suffisamment sombre comme cela !

Je traverse une cour intérieure au milieu de laquelle trône un large bassin moussu, empli d'une eau verdâtre recouverte de nénuphars.

J'ai vu une lourde à l'autre bout de la cour. M'y voici. Pourvu qu'elle s'ouvre, nom d'un député ! Je tire le loquet. La lourde fait mieux que s'ouvrir : elle me choit positivement dessus, car c'est une porte sans gonds qui était simplement appuyée contre un mur... Plus d'issue ! Je suis fabriqué, tordu, vendu !

Il ne reste plus qu'à tendre mes poignets à ces messieurs et à grimper dans leur carrosse.

— Chauffeur ! Chez Maxim's !

Le passage à tabac est-il en vigueur ici ? Si oui, après la danse que j'ai filée aux policiers du train, je suis certain de morfler sec !

Ce qu'ils pensent de moi, ils ne vont pas me le dire avec des fleurs. Ou alors ce sera avec des fleurs de châtaignier en branche !

La grosse lourde que j'ai bouclée est agitée de gros hoquets. D'ici une minute, elle va s'ouvrir. Je n'ai pas le temps de retraverser la vaste cour pour atteindre l'escalier et m'élancer dans les étages. Et puis, à quoi me servirait de grimper sur le toit ! Puisqu'ils me savent là !

Je regarde désespérément autour de moi. L'immeuble est inerte. Les fenêtres en sont closes ; personne ne m'a vu.

La porte d'entrée craque...

J'avise le grand bassin... Une idée me vient. Elle vaut ce qu'elle vaut, c'est-à-dire pas grand-chose. Tout est préférable à la reddition.

Je m'approche du bassin. J'enjambe la margelle moussue. Me voici dans la baille jusqu'à mi-cuisses. J'écarte les feuilles de nénuphars et je me couche dans la flotte en conservant toutefois une partie du visage hors de la tisane.

J'entasse sur ma partie émergée des feuilles visqueuses. Leur contact est désagréable... Cette eau fétide est froide et me suffoque... Je m'immobilise... Il ne me reste plus qu'à souhaiter qu'ils n'aient pas l'idée de sonder le bassin... Je ne le crois pas. De l'entrée de la cour, cette surface verte n'attire pas l'attention.

Je perçois, malgré la flotte grondant dans mes trompes d'Eustache, le craquement que fait la grosse porte en cédant. Il y a des piétinements, des cris, des ordres, des coups de sifflets encore...

La poulaille se précipite dans l'immeuble qu'elle investit. Ça tambourine à toutes les lourdes... Les pauvres pégreleux qui font la sieste ne savent plus ce qui leur arrive.

Le branle-bas est général...

Moi, dans mon bassin romantique, je n'en mène pas large, parole ! Il y a des petites bestioles poisseuses qui me chatouillent un peu partout. J'espère qu'ils ne font pas l'élevage des sangsues dans l'immeuble ! D'ici à ce que je trouve une carpe dans ma poche tout à l'heure, en cherchant mon mouchoir, il n'y a pas loin. Surtout que le temps est à l'orage, c'est l'idéal pour la pêche.

Je dois cinquante mille francs à mon percepteur, et à la vérité de dire que ma position, pour inconfortable qu'elle soit, n'est pas

intolérable. L'eau est pénible à supporter
lorsqu'on est tout habillé, mais une fois que
vous êtes bien imbibé, vous sentez moins le
froid. Une étrange mollesse s'empare de
vous... Je suis tellement fatigué, tellement
épuisé par mes péripéties que ce repos forcé,
au lieu de m'abattre, me réconforte, comme
Ricqlès, la menthe forte !

J'attends donc...

Ces policiers suisses, vous parlez de gens méthodiques ! Leur exploration de l'immeuble est scientifique, scrupuleuse... Ils doivent ouvrir les tiroirs de commode et presser les tubes de pâte dentifrice pour voir si je me suis caché dedans.

Au bout d'une demi-heure d'attente, j'en vois apparaître sur le toit. Entre mes feuilles de nénuphars, j'ai une vision approximative, mais que j'évite de préciser, de crainte de me découvrir... Ils marchent sur les tuiles, vont de cheminée en cheminée... Et puis ils se retirent et il y a un grand conciliabule sous le porche... Ils doivent me prendre pour l'homme qui s'escamote... Deux d'entre eux se détachent du groupe et viennent jusqu'à la porte de bois renversée dans la cour. Ils se livrent à des calculs et appellent leurs amin-

ches. Un type qui parle français, avec un petit
accent vaudois, explique que j'ai dû franchir
le mur en m'aidant de la porte comme d'un
escabeau. Sa version est adoptée à l'unanimité
et tout le monde se met à galoper.

J'attends encore… Je ne peux toujours pas
bouger car je cours un nouveau danger.
Maintenant, tous les locataires de l'immeuble
sont aux fenêtres pour voir la suite des
opérations. Ils croient participer à un film
policier et ils veulent connaître la fin avant
que la leur apportent leurs quotidiens du
matin.

Toujours entre deux feuilles, je vois la
façade constellée de visages multiples. Les
occupants de la maison s'interpellent d'une
fenêtre à l'autre pour se faire part de leurs
impressions.

Je redoute la perspective plongeante. D'en
haut, ils ont plus de chance de m'apercevoir
que s'ils se trouvaient de plain-pied. Pourvu
qu'un dégourdoche au regard de faucon ne
joue pas au vrai ! Qu'il se mette à bramer en
montrant le bassin, et votre San Antonio
favori va avoir bonne mine en sortant de sa
baignoire, ruisselant de flotte puante et de
vase !

Heureusement, au centre du bassin, il y a
une sorte de gros champignon de zinc par où
jaillissait la flotte dans les autrefois. Cette

proéminence grise me masque... Je suis donc tranquille et je peux, peinardement, faire ma provision de têtards pour le quatorze juillet (1)...

Les minutes s'écoulent, mais pas l'eau du bassin. J'ai la sensation de me transformer en triton.

Je ne sens plus mes membres... La vie devient fugace et indécise. Je me fous d'un tas de choses, à commencer de ma pauvre personne.

De temps à autre, ma nuque glisse sur la margelle poisseuse et je déguste une chouette gorgée d'eau fétide. Cette eau a une odeur putride, écoeurante. Elle me rappelle les miasmes des égouts, l'été, ou bien le sale parfum des fleurs pourries dans les vasques des cimetières. Oui, c'est un peu ça, une odeur de mort végétale, une odeur abominable et pourtant suave, assez grisante...

J'attends toujours. Si j'avais des cartes en toile imperméable, je pourrais me faire des réussites !

Voilà bientôt une heure que je suis là. Les visages, un à un, ont été gobés par les fenêtres de l'immeuble. Des gens font marcher leur

(1) D'aucuns me reprochent sans doute l'extrême facilité de ce calembour Je leur répliquerai qu'on peut faire des plaisanteries de garçons de bain sur les têtards.

poste de radio... D'autres rient... C'est une
harmonie émouvante... Des cris d'enfant, des
trompes d'auto... Quel hymne à la vie ! Ah !
merde arabe ! voilà que je me fais naturaliser
bucolique...

Il faudrait peut-être que je sorte de ce lit de
vase avant qu'on ne m'en extraie avec un
grappin ? Seulement, en plein jour, ruisselant
d'eau, je n'ai aucune chance de m'en sortir.
Je ne ferais pas deux mètres sans déclencher
tous les sifflets à roulette du canton ! Pourtant, il y a loin d'ici la nuit... Plusieurs
heures, certainement ! Ma situation devient
intenable. Le parfum du bassin me monte
dans la tête... Et si je tourne de l'œil ? Hein ?
Que va-t-il se passer ? Je vais glisser au fond et
glou-glou ! Je suis bonnard pour la partie de
bulles, comme dirait Paul VI.

C'est pas une mort décente pour un garçon
qui a une vie comme la mienne.

Mon lutin me baratine. Comme j'ai la
bouche à trois millimètres de la sauce, je ne
peux pas lui dire de la boucler.

— San Antonio, déclare-t-il, tu vas compter jusqu'à dix... Puis tu feras gaffe pour voir
si quelqu'un est à sa fenêtre. Si tu ne vois
personne, tu sortiras de l'eau... Tu traverse-
ras la cour, tu monteras l'escalier... Tu iras
tout en haut... Toutes les maisons ont un
grenier, en Suisse comme ailleurs. Alors tu t'y

cacheras, tu t'y ficheras à poil pour faire sécher tes frusques, tu...

Le lutin se tait parce qu'une silhouette s'approche du bassin.

# DEUXIÈME PARTIE

Ce qu'il y a d'affolant, c'est que je ne l'ai pas vue arriver, cette silhouette, ni entendue marcher... Elle est venue au bassin, sans doute sur la pointe des pieds, en prenant soin de se tenir dans l'axe du champignon de zinc. Si elle a agi de la sorte, pas d'erreur, c'est pour me surprendre !

Quelqu'un s'assied sur la margelle. Une main saisit par sa tige la plante de nénuphar qui me voilait le visage et mes yeux rencontrent ceux d'une femme.

J'y cherche des sentiments. Un regard, c'est tout l'individu. Ses yeux sont-ils hostiles ? Sont-ils effrayés ?

Je cherche à savoir. Je crois qu'ils ne contiennent rien de tout cela. Ils sont bleus, curieux et calmes. Tout le visage qui est autour est calme. Pas joli, non... Mais pas laid non plus. Intéressant, voilà ! Ils sont tellement rares, les visages de femme intéressants ! Il y a si peu de femmes intéressantes !

Elle remue les lèvres. Je ne perçois pas ce qu'elle dit parce qu'elle parle bas et que j'ai de la flotte dans les manettes. Je me hisse un peu hors du bassin.

— ...ment cru que vous étiez mort ! termine la femme.

Elle comprend que je n'ai pas entendu le début de sa phrase et, docile, la reprend :

— Ça fait une heure que je vous vois dans ce bassin, de ma fenêtre... Il y a eu un rayon de soleil et j'ai distingué une jambe, dans l'eau... J'ai pris des lorgnettes de théâtre que j'ai chez moi et j'ai fini par deviner votre visage hors de l'eau... Je n'ai rien dit... Quand ils ont été partis, je pensais que vous alliez sortir de là... Et puis non... J'ai vraiment cru que vous étiez mort !

Il se passe un drôle de déluge en moi, mes petites têtes de lecteurs chéris. Cela doit venir de mon état dépressif, de ma nouvelle condition d'homme traqué, toujours est-il que le regard pitoyable de la fille me tord l'âme comme une ménagère tord sa serpillière après avoir lavé le perron.

J'ai envie de chialer, ce qui ne m'aiderait pas à sortir de l'humidité...

Elle lit ma détresse dans mes carreaux, comme je lis sa pitié dans les siens.

— Vous ne pouvez pas rester là plus

longtemps, dit-elle, vous allez prendre la
mort !

Je balbutie :

— Je la connais... la mort...

— Sortez !

La situation commence à virer au ridicule.
Vous me voyez, déguisé en cyprin sous mes
nénuphars et discutant avec une jeune femme
mélancolique assise sur le bord de mon
bocal ? Mes collègues me verraient, ils se
paieraient ma bouille. En France, le ridicule
tue plus que tous les gros calibres sortis de la
manufacture de Saint-Étienne.

La jeune femme, pourtant, ne semble pas
avoir envie de se fendre la prune. Au
contraire, mon cas l'intéresse et mon aspect
aquatique ne lui paraît pas comique.

— Si je sors, objecté-je, on me verra...
C'est un miracle que vous ayez été la seule à
m'apercevoir...

— Pourtant, vous ne pouvez demeurer ici
indéfiniment ?

— Évidemment.

Je cherche une solution. Bonté de sort, on
doit bien en trouver une, puisque maintenant
je dispose d'une assistance extérieure.

— Ne restez pas là, poursuis-je, vous allez
attirer l'attention.

Elle se lève. Elle réfléchit un instant,

indécise… Puis elle s'éloigne et je ne me sens
pas fiérot du tout.

Pourvu qu'elle ne se ravise pas et n'aille pas
solliciter de l'aide ailleurs ! Ceux qui jouent
les Terre-Neuve aiment que ça se sache
autour d'eux et tâchent de se procurer un
public. Il est vrai que je suis un dangereux
individu, aux yeux des gens.

Pour l'heure, on n'a pas envie de convo-
quer les actualités Movietone lorsqu'on me
reçoit.

Un temps que je trouve affreusement long
s'écoule. Enfin un bruit retentit sous le
porche. C'est ELLE.

Je reconnais son pas glissant.

Elle s'arrête près du bassin et fait quelque
chose que je ne peux définir. Une ombre
s'étend entre mon regard et la maison. Une
belle ombre orangée. Je pige : elle vient
d'ouvrir un parasol et l'a incliné de manière à
ce qu'il masque le bassin. Elle revient à moi.

— Ne bougez pas. Je vais aller voir depuis
ma fenêtre si ça vous masque complètement.

— En admettant qu'il me dissimule, vous
ne croyez pas qu'il va surprendre vos voisins ?

Elle secoue la tête.

— Non. Je viens souvent ici prendre un
bain de soleil… J'ouvre mon parapluie à
soleil…

Le terme me plaît.

— Attendez...

Re-départ de mon Saint-Bernard.

J'attends, l'âme fleurie d'espérance (1).

Et puis la re-voilà. Elle semble satisfaite. Son visage grave dégage une sorte de sourde allégresse.

— On ne voit rien du tout, depuis la maison, dit-elle. Vous pouvez sortir du bassin à condition de toujours rester accroupi. Je vous ai apporté un peignoir de bain. Déshabillez-vous, je reviens...

Elle va se claquer un tendon avec toutes ces allées et venues. Assez éberlué par l'aventure, je me mets à plat ventre contre la paroi du bassin. Je me penche hors de la margelle et, avec une peine infinie, me glisse sur le bitume de la cour.

Je reste inerte, littéralement épuisé par cet effort. Après les sales bestioles, ce sont les fourmis qui me boulottent.

Je rampe à l'abri du parasol et je commence à me déloquer. Lorsque mes fringues sont en tas, elles ressemblent à un paquet de tripes à la mode de Caen.

Je m'introduis dans le peignoir qui craque

---

(1) Pourquoi ne pas souligner au passage la joliesse de l'expression. Ah ! San Antonio mérite dix fois le Goncourt.

Musset.

par toutes ses jointures, car il est deux fois
trop petit pour mon académie.

Ensuite, je fouille mes poches pour centra-
liser les papiers qui sont en ma possession. Un
peu trempés, les fafs ! La carte de l'Afrique
du Nord pèse deux kilos ! Seul le chèque a été
épargné à cause de l'enveloppe en bristol et
du compartiment de cellophane de mon
porte-cartes où je l'avais serré. Il n'est même
pas humide.

Je tords mon mouchoir et fais un paquet de
ces différents documents.

La fille est une fois de plus de retour. Elle
tient une thermos et un flacon d'eau de
Cologne.

Elle dévisse le bouchon de la bouteille
thermos.

— Buvez ça...

Une mince fumée sort de l'orifice.

— Qu'est-ce que c'est ?

— Du café chaud, pour vous remonter.
J'ai mis du rhum dedans !

C'est stupide à dire, mais j'ai envie de
chialer.

Nous restons là près d'une heure, dans cette cour d'immeuble, derrière un parasol.

La fille qui joue les secouristes au grand cœur n'est pas très grande. Elle est brune, avec des yeux clairs. Pas mal roulée du tout. Elle peut avoir vingt-cinq ans. Je vous le répète, elle n'est pas très jolie, mais elle plaît. Elle possède ce que les habitués des cynodromes appellent « du chien ».

Lorsque nous sommes allongés côte à côte sur une grande serviette éponge, je lui demande, à brûle-pourpoint :

— Pourquoi faites-vous ça ?

Elle me donne une réponse satisfaisante :

— Je ne sais pas.

Et je comprends qu'elle ne sache pas.

— La radio a parlé de votre assassinat, enchaîne-t-elle. La police pense qu'il s'agit d'une affaire d'espionnage.

Chapeau pour les Suisses ! A force de

fabriquer des montres, ils sont arrivés à avoir
de fameux rouages dans le caberlot.

— Ah ! elle pense ça, la police ?

— Oui. C'est vrai que vous êtes un
espion ?

Le mot me choque.

— Inexact... J'appartiens aux services
secrets français...

— Et c'est sur l'ordre de vos chefs que
vous avez tué cet homme ?

— Permettez-moi de me retrancher derrière le secret professionnel.

Elle n'insiste pas.

— On ne va pas rester ici jusqu'à la nuit ?
fais-je.

Elle secoue la tête.

— Non, mais tout à l'heure le tour de
Suisse passe sur la route voisine et tout le
monde va aller le voir. Vous pourrez monter
jusque chez moi.

Comme femme de tête, on ne réussit pas
mieux.

Je mets ma tête sur mon coude replié et je
m'abîme dans une torpeur grise. J'oublie la
présence de la romanesque petite Suissesse.

C'est elle qui, à un certain moment, me
secoue.

— Venez... C'est le moment...

— Vous croyez ?

— Oui... J'habite au second. Prenez le

parasol, fermez-le et tâchez de vous dissimuler le visage...

Elle ramasse mes fringues trempées qu'elle roule dans la serviette éponge.

Nous traversons la cour, roides comme des diplomates allant présenter leurs lettres de créance.

L'escalier... Je louche sur la grande porte avec la terreur de la voir s'ouvrir. Si quelqu'un entrait à cet instant, que penserait-il en voyant cet individu drapé dans un peignoir de bain ?

Mais personne ne se manifeste.

Nous escaladons les deux étages quatre à quatre. Elle ouvre sa porte d'une bourrade, car elle avait eu la judicieuse idée de ne pas la fermer. Je me jette littéralement dans son appartement.

Celui-ci se compose d'un vaste studio, clair, d'une cuisine aux vastes dimensions, faisant aussi salle à manger, et d'une salle de bains.

J'entrepose le parasol fermé dans l'entrée et la fille va déposer ses hardes dans la salle de bains.

Puis elle pousse la porte du studio.

— Asseyez-vous...

J'avise un divan en bois de citronnier. Je m'assieds dessus.

— Allongez-vous, conseille ma petite hôtesse, vous semblez très fatigué.

Je le suis en effet. Je me sens très mal en point. Je suis délabré, j'ai des nausées, et je dois cogner une sacrée température car mes mains me brûlent. Je constate, malgré mon état, que je dégage une odeur fangeuse. La môme a eu beau me frotter à l'eau de Cologne, le remugle du bassin est plus fort que le parfum.

— Dites, Mademoiselle, est-ce que je pourrais prendre un bain ?

— J'allais vous le proposer...

Elle retourne à la salle d'eau et deux robinets se mettent à cracher dans la baignoire.

Je quitte le divan moelleux et je zigzague jusqu'à la salle de bains.

La jeune fille me regarde attentivement. Ses yeux bleus paraissent danser dans son visage.

— Ça n'a pas l'air d'aller du tout ! remarque-t-elle.

— Non, je... J'ai dû prendre la crève dans cette flotte pourrie !

L'eau de la baignoire est chaude. Elle m'enveloppe comme une couverture de plumes. Je m'allonge en elle, épuisé... Mon cœur cogne à se rompre... J'étouffe... Avec des gestes infiniment lourds, je me redresse et j'enjambe le récipient de faïence.

Décidément, je ne peux supporter l'écrasement de cette flotte, bien qu'elle soit douce et chaude. Il évoque pour moi mon séjour dans le bassin. Je sais maintenant que l'heure que j'ai passée sous les nénuphars comptera parmi les plus épouvantables de mon existence. Avec le recul, cela tourne au cauchemar.

Je chope mon peignoir, mais il m'est impossible de le passer. Mes gestes sont de plus en plus imprécis... Tout se brouille... J'ai froid, je claque des dents.

Je me contente de placer ce vêtement de bain devant moi et je pénètre dans le studio.

La petite a déjà préparé le divan... Deux draps blancs se proposent à moi. Je m'y coule...

— J'ai froid ! fais-je en claquant des dents. J'ai froid...

Elle empile sur moi des couvertures... Rien n'y fait... Elle me fait boire un peu d'alcool.

— Écoutez, murmuré-je. Je crois que je suis malade... Il vaut mieux, pour vous, prévenir la police...

Épuisé, je lâche tout et ne cherche plus à lutter contre le mal.

Sa main fraîche caresse mon front.

— Ne craignez rien, murmure-t-elle. Ne craignez rien.

J'ai été salement malade, en effet. Il me semble que je viens de traverser un long tunnel coupé çà et là par des éclats de jour. Je rouvre les yeux sur un décor que je crois ne pas connaître, mais qui pourtant me dit quelque chose... Ah oui : le studio de la petite...

Elle s'avance, une seringue à la main. D'un geste décidé, elle soulève mon drap supérieur et passe un coton glacé sur ma cuisse gauche. Une odeur d'éther me pince les narines. Je vais pour protester, j'éprouve une piqûre dans le gras de la jambe. Une nouvelle impression de froid...

Elle me regarde. Elle est un peu pâle.

— Comment vous sentez-vous ? demande-t-elle.

Il me semble que je peux parler normalement, mais toute articulation m'est interdite. Mes deux mâchoires sont, dirait-on, soudées.

— Ça va aller, maintenant...

Je parviens à lui sourire... Je me crispe et je m'entends articuler « merci ».

Elle s'assied au bord du divan.

— Vous avez eu une pneumonie... J'ai eu très peur et j'ai failli vous faire hospitaliser. Je m'étais dit que si ce matin il n'y avait pas d'amélioration dans votre état...

Les mots qu'elle prononce m'arrivent avec un certain retard, mais je les assimile parfaitement.

Ils provoquent en moi des réactions, des questions.

Je me concentre. Il faut que je m'exprime... Pourquoi diable ne puis-je pas parler ? Une pneumonie, ça n'a pas les conséquences d'une congestion cérébrale, tout de même.

— C'est vous qui m'avez...

Je ne peux en dire plus long. J'ai pigé : ça n'est pas de la paralysie, mais de la faiblesse.

— Oui, c'est moi qui vous ai soigné. Je suis infirmière à l'hôpital de Berne, en vacances pour l'instant, heureusement... D'après vos symptômes, j'ai compris ce que vous aviez et je vous ai fait des sulfamides...

— Longtemps ?

— Ça fait deux jours... Ne vous agitez pas... Votre température commence à baisser.

— Comment vous appelez-vous ?

— Françoise...

Je remue faiblement les doigts. Elle me prend la main et aussitôt je sens que ça va mieux, que je tiens le bon bout. Un instant plus tard, je m'endors. Cette fois, c'est pas du coma, mais de la bonne ronflette de père de famille.

Il fait nuit quand je m'éveille. Une lumière rose baigne le studio de Françoise. La jeune fille fricote quelque chose sur sa cuisinière électrique. Ça renifle bon le beurre chaud.

Cette odeur me fouaille l'estomac.

Je crie :

— Françoise !

Et c'est un vrai cri qui jaillit de mes éponges humides.

Elle accourt, une fourchette à la main, pareille à une déesse de la mer avec son trident.

— Qu'avez-vous ?

— Faim !

Elle rit. C'est la première fois. Elle est très belle ainsi. Elle porte un pantalon de soie noire et une espèce de casaque bleu ciel. Ses cheveux sont noués par un ruban. Elle ressemble à une étudiante qui a fini ses devoirs.

— Ça va de mieux en mieux !

— Grâce à vous !

— Pf...

— Si ! Ce que vous avez fait là est simple-

ment sensationnel... Rien ne vous disait que
je n'étais pas un dangereux malfaiteur !

— Un malfaiteur ne se serait pas caché
dans ce bassin...

— Pourquoi ?

— Parce qu'un malfaiteur est un lâche !

Elle a des idées très arrêtées. L'odeur de
beurre chaud fait place à une odeur de brûlé
et Françoise se sauve dans sa cuisine.

Une fille aux pommes. Dire que je ne
l'avais jamais vue et qu'elle a risqué son
honneur et sa sécurité pour me soustraire aux
griffes de la police et à celles de la mort !

Elle revient.

— Il y avait du dégât ?

— Non, ma côtelette a pris un coup de
soleil, ça n'est rien !

— Vous n'avez pas eu d'ennuis à cause de
moi ?

— Personne ne se doute que vous êtes ici !

— Vos voisins ?

— Je ne fréquente personne...

— Pas de petit ami ?

Son doux regard se voile, comme dans
Lakmé.

— J'ai été fiancée... Il est mort...

Mets deux ronds dans le bastringue ! C'est
l'éternelle histoire qui fait chialer Margot ! Un
fiancé mort ! Drame à vie d'une femme...
Notez que ça n'empêche pas ladite personne

de se marida avec un autre Jules. Ça ne l'empêche pas non plus de crier maman quand on lui fait mettre les doigts de pied en bouquet de violettes ! Seulement, la tombe du mort c'est son jardin secret. Elle y verse les larmes de l'amertume pour arroser les géraniums qui s'y fanent !

Pour elle, le défunt est auréolé de gloire, paré de toutes les qualités... Pourtant, s'il avait vécu et qu'il l'ait coltinée à la mairie, il n'aurait plus rien du héros de légende ! Ce serait un pauvre Jeannot-la-fiarde qui irait vider la boîte à ordures le matin en allant chercher le lait... Qui gagnerait le pain quotidien et qui porterait des cornes tellement chouïa qu'il lui serait impossible de voyager en Laponie vu que tous les rennes lui fileraient le train.

Bien qu'ayant des pensées on ne peut plus philosophiques sur la question, je m'amadoue (comme disait une pierre à briquet de mes amies).

— C'est triste. Et vous vivez depuis dans le culte du souvenir ?

— Oui.

Mais je la sens prête à donner des coups de pied au culte.

— Voulez-vous faire la dînette avec moi ?

— J'en suis !

Elle roule une petite table à jeu près du divan et y dispose deux couverts.

Le repas est charmant. J'ai l'impression d'être marida à une gentille bergeronnette. Ça ne doit pas être désagréable, au fond lorsqu'on est malade. Seulement, je le suis rarement et je doute de mes qualités de mari ailleurs que dans un plume.

J'avais plus grands yeux que grand ventre comme dit Félicie. Je grignote un cœur de côtelette et quelques fraises à la crème.

— J'espère que je pourrai partir dès demain, fais-je, lorsqu'elle a desservi.

Elle s'arrête pile, les yeux cernés par la surprise.

— Dès demain! Mais vous êtes fou... Vous ne tenez pas debout...

— Je récupère vite, vous savez!

— Ne dites pas de folies!

Elle va pour sortir, mais se ravise.

— Vous vous ennuyez, chez moi?

— Quelle idée! J'ai des scrupules, voilà tout!

— Alors, chassez-les!

Elle sort. Je ferme les chasses : je suis bien.

Le lendemain, quoi qu'elle en dise, je me sens assez costaud pour me tenir sur mes flûtes. Je sors du lit et je noue une serviette autour de mes reins. Il est de bonne heure. Le réveil doré posé sur une commode indique cinq plombes. Je n'entends rien, ne vois personne et, inquiet, je me dirige vers la cuisine. J'aperçois un matelas pneumatique sur le carrelage et, lovée dessus, ma petite Françoise. Elle en écrase. Elle est chouette à voir dormir. C'est une gentille môme qui a besoin de se dévouer, besoin de libérer le trop-plein d'affection rentré, d'amour refoulé qui la ronge.

Le bruit de la porte la réveille. Elle se dresse sur un coude et se frotte les yeux.

— Ça n'est pas possible !

— Qu'est-ce qui n'est pas possible, Françoise ?...

— Debout ! Justement je rêvais de vous...

Elle se dresse. Elle porte un pyjama blanc qui moule ses formes appréciables.

— Allez, au lit ! Ça n'est pas le moment de prendre froid !

—Ça me fait mal au cœur de vous voir coucher par terre alors que je joue les pachas dans votre propre lit !

Elle me guide jusqu'à mon divan. Je m'y laisse glisser, épuisé par ce bref trajet. Elle s'assied près de moi. Il y a une étrange luminosité dans son regard.

— A propos, Françoise, avez-vous lu la presse, ces derniers jours ?

— Bien sûr...

— Que dit-on de mon affaire ?

— La police croit que vous avez pris un avion clandestin et que vous avez quitté le territoire helvétique.

— Bon...

Je réfléchis. Il me faut encore deux ou trois jours pour me rebecqueter. Lorsque j'irai mieux, je palperai le chèque et je rentrerai en France... Seulement, est-ce prudent d'encaisser moi-même, après que mon signalement ait été diffusé, une somme de cette importance ? Je vais me faire repérer, c'est recta. Il faudrait, d'autre part, prévenir le Vieux de ce qui m'est arrivé. Il doit ligoter la presse suisse en se demandant ce qu'il est advenu du fameux Commissaire San Antonio.

Je pourrais lui passer un mot... Peut-être même joindre le chèque à la missive et il se décarcasserait pour le faire palper. Ce serait toujours ça d'engrangé... Une récupération normale en somme !

Françoise est à portée de la main. Je réalise soudain la chose. J'avance une dextre mal assurée vers sa nuque fragile. Le contact la fait frissonner. Je la tire doucement à moi et elle se renverse en travers du divan. Mes lèvres sèches se posent sur les siennes et c'est le gros patinuche de la Happy End.

Je ne sais pas si c'est son défunt fiancé qui lui a appris à embrasser, toujours est-il qu'elle ne donne pas sa part aux cadors, ma gentille infirmière. Peut-être que les carabins suisses sont aussi salaces que les carabins français et que, pendant les nuits de garde, ils donnent des cours d'anatomie comparée aux petites infirmières de service ?

En moins de temps qu'il n'en faut à un ministre des finances pour voter un train d'impôts nouveaux, je la retrouve dans les draps, en tenue d'Ève. Elle se presse frénéti-quement contre moi. Voilà un bout de temps qu'elle attend cette minute, Françoise !

Le Prends-moi-toute, ça la connaît ! Elle est aussi sensuelle qu'elle est gentille. J'ai compris maintenant. Le côté agent français traqué et mal en point, ça lui portait à la peau.

8

En me soignant, elle travaillait pour sa satisfaction personnelle.

C'est inouï ce que les nanas sont compliquées. Elles ne refusent rien à leur plaisir.
Elles sont capables d'élever un zigoto au lait
Guigoz pour se le mettre au dodo le jour où il
sera à point.

Mais elle fait l'amour à l'infirmière. C'est-
à-dire qu'elle ménage le partenaire. C'est tout
juste si elle ne me fait pas bouffer de l'Aspiri-
sucre pendant la gymnastique. Elle dose
l'effort, calme les trop grands élans et vous
oblige à reprendre souffle lorsqu'elle le juge
utile.

Seulement, malgré ses soins, ses initiatives
et son art consommé (que je consomme du
reste) après ce grand steeple je suis plus vanné
que si je venais de traverser l'Atlantique à
bord d'un pédalo et en poussant le radeau de
Bombard.

Il faut croire que mes états de services lui
ont paru satisfaisants car elle me couvre de
baisers passionnés en me disant des trucs
tellement corsés qu'à mon avis c'est ce qui a
fait décéder le fiancé.

Puis, comme tous les amoureux du monde,
nous nous endormons.

\*\*\*

Une horloge de ville proche lâche douze
coups bien timbrés. Je les compte à travers un
songe. Comme j'ai peur de m'être gourré,
l'horloge, pas fière, remet ça. Oui, c'est bien
midi qui carillonne. Je suis douillettement
zoné près de Françoise. Son corps brûlant
insuffle dans mes veines une jouvence merveilleuse. Je n'ai plus de fièvre. Je me sens
fort.

Tout en caressant sa belle épaule lisse, je
me dis cyniquement :

— Une de plus, gars !

Je n'ai pas la vanité du calcif, croyez-le,
pourtant mon orgueil de mâle biche lorsque
j'enregistre un nouveau succès féminin. C'est
à ça qu'un homme reconnaît qu'il reste un
homme.

Je la sens roucouler contre moi et je suis
heureux. D'ordinaire, quand je viens de faire
le coup du chaud-lapin à une jeune fille de la
bonne société, j'ai envie d'aller fumer une
cigarette à l'autre bout de la planète ; mais,
sans doute à cause de mon mauvais état de
santé, j'ai envie de la cajoler un peu.

Elle se dresse et m'embrasse.

— Je t'aime...

— Moi aussi, Françoise.

J'ajoute, un peu hâtif dans mes transi-
tions :

— Et ça me colle une faim d'ogre !

— Je vais aller acheter de quoi déjeuner. Qu'est-ce qui te ferait envie ?

— Du jambon et des œufs au plat...

— Tu n'es pas difficile.

— Et puis une bouteille de champagne. Prends de l'argent dans mon portefeuille, c'est moi qui régale.

Je suis obligé d'insister. Elle consent enfin.

— Pendant que tu y seras, tu m'achèteras un pantalon neuf et une chemise, parce que je crois que mes fringues sont hors d'usage après leur bain prolongé...

— Quelle couleur ?

— Celle qui te conviendra...

Vous le voyez, c'est de l'idylle choisie sur le volet. Tu m'aimes, je t'aime, on s'aimera !

Ça fait toujours plaisir et ça ne coûte pas cher.

— Tu as de quoi écrire, ici ?

— Bien sûr...

Elle me donne une pochette de papier filigrané et un stylo à bille.

— Ça te conviendra ?

— Aux petits pois. Attends, tu vas aussi téléphoner à un de mes amis qui demeure à Berne. Je voudrais qu'il vienne me voir, ça ne t'ennuie pas ?

— Comme tu voudras...

— Tu es la plus adorable des...

— Des ?...

J'ai, parfois, un don divinatoire de femme. Je sais ce qu'un être attend de moi.

— Des fiancées !

Ça la fout aux anges ! Elle se jette sur moi, me couvre de mimis mouillés.

— Oh ! mon amour ! mon amour !

Naïve, la doudoune ! Elle rêve de folles étreintes et de bague au doigt. Qu'est-ce que je risque à lui donner de l'espoir ? C'est bien la moindre des choses, après les risques qu'elle a pris pour moi, non ?

— Va... Tu chercheras sur l'annuaire la pension Wiesler, 4, rue du Tessin.

— Bien.

— Tu te souviendras ?

— Évidemment !

— Tu demanderas M. Mathias et tu lui diras que son ami San A. l'attend chez toi... J'ignore ton adresse, au fait.

— Bon...

— S'il te demande des précisions, n'en donne pas...

— N'aie crainte...

Je l'embrasse.

— Et n'oublie pas le jambon. Tu m'as ouvert l'appétit, ma chère Quintonine d'amour !

Les idées viennent mal. Je commence à dessiner un diplodocus unijambiste sur une feuille blanche, puis, trouvant qu'il lui faut un corollaire pour l'harmonie de la composition, je lui adjoins une chaise dépaillée sur laquelle est déposé un dentier.

Le tout ravirait Picasso. Je le déchire pourtant et j'écris quelques lignes bien senties au Vieux pour lui dire que je suis toujours inscrit à l'association des respireurs d'oxygène et qu'il ne se caille pas le raisin pour ma santé, vu que j'annoncerai mon lard dans son burlingue d'ici peu et peut-être avant.

Je signe d'un paraphe qui ferait vomir un graphologue et je cachète. Toutes réflexions faites, je ne lui envoie pas le chèque. Ceci pour une raison très simple : l'encaissement de cette fortune doit se faire rapidement. Voilà trois jours que l'attentat contre Vlefta a réussi, trois jours que je lui ai chouravé sa servetouze. Les pieds nickelés du réseau Mohari ont dû alerter le généreux donateur, lequel va mettre opposition sur le papelard. Il est donc indispensable que le chèque soit encaissé aujourd'hui même... Comme il y a loin d'ici les États, les transactions mettent du temps à s'effectuer et il se peut fort bien que la voie de l'encaissement soit encore libre.

Je crois que le mieux, c'est de le faire toucher par Mathias. Ce sera à lui de voir si cette opération peut s'opérer sans risque de le compromettre.

Françoise revient au bout d'une petite heure. Elle est chargée de colibars. Il y a des fringues et de la bouftance... La chemise qu'elle m'apporte est d'un joli bleu pastel... C'est une limace sport avec des pockets à soufflet de chaque côté. Le futal est bleu marine. Elle a itou pensé à m'acheter des chaussettes bleu marine...

Je me lève, très ramolli et je me sape.

— A propos, tu as eu la pension Wiesler ?

— Ah ! Oui... Mais je n'ai pas eu Mathias, c'est une dame qui m'a répondu.

— Sa logeuse ?

Elle secoue la tête aussi énergiquement que négativement.

— Non, la logeuse m'a d'abord répondu. Lorsque j'ai réclamé ton ami, elle m'a dit de ne pas quitter et m'a branchée sur sa chambre et c'est là qu'une femme a répondu...

V'la ma pomme d'Adam qui joue du yo-yo. On me collerait une botte de colza entre les portières, vous auriez de l'huile de table pour votre année, les potes !

— Comment, tu... tu as parlé à quelqu'un d'autre ?

Elle paraît stupéfaite.

— Mais, mon chéri... Tu m'avais dit...

C'est vrai. Elle n'a pas la prudence d'un agent secret, elle ! Je soupire.

— Qu'as-tu dit ?

— Je lui ai demandé de prévenir M. Mathias que son ami San A. serait heu-reux de le voir chez M$^{lle}$ Bollertz, 13, Zol-lickerstrasse.

— C'est tout ?

— Ben... oui, voyons !

Je reprends espoir. Après tout, le message n'a rien de compromettant. Même si c'était quelqu'un du réseau qui se trouvait chez Mathias, il n'y a rien là-dedans de particuliè-rement alarmant.

Et puis, j'aime mieux que ce soit une voix de femme qui ait répondu plutôt qu'une voix d'homme. Je connais Mathias. C'est un beau garçon brillant, le sosie de Montgomery Clift. Les nanas, il les dégringole comme le fly-tox dégringole les mouches... Il aime ça et c'est

pas votre petite tronche de San Antonio
amaigri qui lui jettera le premier robinet de
lavabo !

— Bon... J'espère qu'on lui fera la commission.

Inquiète, elle s'informe :

— Je n'aurais pas dû laisser la commission ?

Je lui prends le menton et lui roule mon
patin 118, breveté par le concours Lépine.

— Dans notre métier, vois-tu, on ne donne
les lettres qu'en main propre, on ne laisse les
messages qu'en voix propre... Mais ne te
tracasse pas, va !

Elle va préparer la jaffe et je me traîne
jusqu'à la cuistance pour l'aider...

Comme aide, vous repasserez ! Je la lutine
vachement. A la fin nous sommes tellement
agacés que nous chutons sur le matelas pneumatique. Et alors, comme je suis dans mes
bons jours, je lui fais le grand super gala !
D'abord le Binocle du Percepteur, parce que
c'est une mise en train (si je puis dire) de
grand style ; ensuite la Machine à écrire de
Maman (dix ans de pratique, clavier univer-
sel, ruban bicolore et tabulateur d'espace-
ment) ceci pour passer à mon triomphe :
l'Hélicoptère du Négus. Les dames qui ont eu
droit à ce sommet de la volupté n'en sont
jamais redescendues. Sur les cent quatorze

qui ont goûté à l'hélicoptère, douze sont
entrées au couvent, vingt-deux dans une
maison que la morale admet mais que Marthe
Richard réprouve et les autres se sont logé,
soit une balle dans la tête, soit dans un hôtel
meublé. C'est vous dire, hein ?

En final, elle a droit à la petite Tonkinoise
chez le Gouverneur... Moi, l'amour me dope,
comme dit mon ami Champoing. Plus je le
fais, plus je me sens en forme.

Par contre, Françoise est à ramasser avec
un compte-gouttes. Si son matelas pneumatique creuvait dans le col du Galibier, elle
n'aurait pas la force d'y cloquer une rustine
pour éviter la catastrophe.

Pour vous situer son état de déprédation,
c'est le grand Mézigue qui est obligé de casser
les œufs dans la poêle...

Je mets le couvert et nous becquetons à la
turque (1) sur le matelas.

C'est charmant. Ça fait un peu camping...
Moi j'ai horreur du camping ailleurs que dans
un appartement. Les toiles de tentes, les
papiers gras, les seaux de toile qui fuient, les
gogues envahis, les plats pas cuits, les gosses

---

(1) Je suis un homme franc. Il m'arrive de bluffer un peu
quelquefois, mais c'est par poésie, pour « faire joli ». Alors je
vais vous faire une confession publique, je vais vous dire la
vérité dans toute son horreur : je n'ai jamais vu manger des
Turcs.

qui hurlent ? Ah non, merci beaucoup,
Madame Adrien ! Je préfère une petite
auberge de cambrousse avec un lit haut de
deux mètres et une table de nuit qui sent le
vieux !

Quand c'est terminé, je ne me ressens plus
de ma soi-disant pneumonie. J'ai idée que
mon petit lot d'infirmière a exagéré un peu
son diagnostic.

Les femmes veulent toujours vous donner
l'impression que vous leur devez tout !

— Je vais encore te demander un service, Françoise.

Elle me regarde amoureusement. Ses yeux sont emplis d'une telle chaleur qu'ils feraient fondre une glace à la vanille.

— Tout ce que tu voudras, mon chéri.

— Il faudrait que tu ailles me poster cette lettre, ça urge.

Elle s'habille et prend la missive.

— Affranchis-la suffisamment, c'est pour la France.

Elle a un signe approbateur et s'éloigne. Le gars bibi allume une cigarette. Quelques bouffées voluptueuses me dégagent les éponges. Je songe que la vie est bonne à gober. A condition d'avoir du vase, of course ! Et moi, — touchons du bois —, j'en ai. Vous me direz pas que l'intervention de cette petite vicelarde de Françoise n'a pas été miraculeuse, hein ? Ç'aurait pu être une vieille renaudeuse qui

m'ait aperçu. Ou un ancien gendarme ! Je
vous parie un cercle polaire contre un cercle
vicieux qu'une personne sur mille seulement
l'aurait bouclé, comme l'a fait la chérie.
Toutes les autres se seraient mises à trépigner
en se faisant péter les cordes locales (comme
dit madame Bérurier).

J'en suis là de mes considérations rose-
praline lorsqu'un bref coup de sonnette me
fait sursauter. C'est le premier depuis que je
suis l'hôte de Françoise. Il me fait l'effet
d'une vrille s'enfonçant dans mon crâne.
J'hésite. Et soudain je pense à Mathias. C'est
sans doute lui qui répond à mon appel. Je vais
à la porte, mais, au moment de déloqueter, un
doute me saisit.

Je me dis : « Et s'il s'agissait de quelqu'un
d'autre ? D'une visite pour Françoise, par
exemple ? »

Je rive mon œil au trou de la serrure, dans
la plus pure tradition des larbins de vaude-
ville. J'ai une contraction au plexus. Il y a sur
le palier deux Messieurs en imperméable,
avec des physionomies pas commodes. Ce
serait des poulardins que ça ne me surpren-
drait pas.

J'observe leur comportement en retenant
mon souffle. L'un d'eux s'avance et actionne
une nouvelle fois la sonnette. Puis il dit

quelque chose à son aminche dans une langue que je ne comprends pas.

L'autre tire de ses vagues un passe-partout. J'en ai le trouillomètre à zéro. Est-ce que ces deux chinois verts vont s'amuser à forcer la porte ? Ils ont des façons cavalières, les bourdilles bernois !

C'est juste ce qui se produit. Le trou de la serrure est obstrué par une clé qui se met à fourgonner là-dedans... S'ils entrent et qu'ils me dénichent, mon compte est bonnard. Je vais jouer « Prison sans barreaux » d'ici peu...

Je bats en retraite (ce qui vaut mieux que de battre sa femme) jusqu'au studio. Mais c'est inefficace. Il n'y a pas de planque pour moi dans cette pièce coquette.

Je reviens à l'entrée. Ça fourrage toujours dans la serrure. Ils s'impatientent, les matuches ! Ils ne m'ont pas l'air doués pour la serrurerie. Ce serait San Antonio qui s'expliquerait avec son sésame, il y a longtemps qu'il serait entré. L'homme qui met les serrures K.O. en leur chuchotant des mots tendres !

Je vais à la salle de bains. Au-dessus de la baignoire, il y a une étroite fenêtre. Je grimpe sur le rebord du récipient et je passe ma hure par l'ouverture. La fenêtre donne sur l'angle de l'immeuble et de l'immeuble voisin. Un faisceau de cheneaux passe juste sous l'ouver-

ture. Je m'engage dans l'encadrement. Heureusement que je suis souple. Je prends appui
de la pointe des nougats sur les cheneaux,
puis je lâche l'entablement de la fenêtre pour
cramponner le tuyau de plomb de l'arrivée
d'eau. Je pends dans le vide. J'ai une faiblesse
et il me semble que je vais tout lâcher, mais ça
passe et je serre très fort le tuyau. Heureusement que l'immeuble voisin dépasse le nôtre.
Je me trouve dans un renfoncement, hors des
regards indiscrets. Près de la fenêtre de ma
salle de bains, il y en a une autre. En deux
rétablissements, je l'atteins. Je passe un
regard à l'intérieur. Il ne s'agit pas d'une
autre salle de bains, mais d'une sorte de
réduit qui abrite le vase d'expansion du
chauffage central de l'immeuble. Un nouveau
rétablissement et me voilà planqué sérieuse-
ment. Je ferme la petite fenêtre et m'assieds
dessous. Je suis tranquille : on ne viendra pas
me chercher là, sauf malchance...

J'attends... Je suis très emmouscaillé. J'ai
laissé les papiers chouravés dans la servetouze
de Vlefta... Je n'ai que le chèque sur moi. Ces
indices prouveront aux bignoles que je me
trouvais làga et ils vont embastiller Françoise
pour recel de malfaiteur ! La pauvrette va
payer chérot son geste généreux... Avec ça, sa
carrée sera surveillée et je vais me l'arrondir
pour ce qui sera de me cacher là... Encore

bien si je peux quitter l'immeuble, je vous l'annonce.

Ah ! pétoche de Zeus ! Et moi qui, au moment du coup de sonnette des bourres, nageais en plein optimisme ! Je flottais dans du sirop, je m'estimais béni des dieux... Et puis crac ! Raccrochez c'est une erreur ! Satan conduit le bal !

Les minutes s'écoulent, interminables. Le réduit où je me trouve sent le renfermé, le vieux bois... Il y fait une chaleur molle et le silence est déprimant... Je vais à la porte qui s'entrouvre sans difficulté... Elle donne sur l'escalier de service. Je m'y engage. Entre deux étages se trouve une fenêtre. Je vais filer un coup de saveur. La fenêtre plonge sur la rue. Devant l'entrée, en bas, une auto est en stationnement... Je vois radiner Françoise. Elle marche d'un pas vif.

Je me dis qu'il faut à tout prix la prévenir de ce qui se passe. J'empoigne le loquet pour ouvrir la croisée, mais j'ai tiré trop fort et il me reste dans les pattes ! C'est la vraie pestouille, je descends à toute vibure à l'étage inférieur au risque de rencontrer quelqu'un... Mais quand j'open the window, Françoise a franchi le porche. Tout est tordu, y compris l'honneur ! Il me reste plus qu'à mettre les adjas presto avant que ces messieurs de la poule installent une agence dans la baraque.

Je continue de descendre... Arrivé en bas, je vais pour passer dans le hall de l'immeuble, seulement il y a une vieille femme qui lave le carrelage à grande eau. Et elle semble en avoir pour un bout de moment !

Je remonte. Mes mains sont agitées d'un tremblement nerveux. L'angoisse me serre le gésier... Je travaille dans les oléagineux ces temps-ci...

Je retourne à mon poste de la fenêtre... Un quart d'heure s'écoule et je vois sortir les deux malveillants. Ils montent dans leur charrette et se taillent. Je me dis que c'est impossible ! Je dois rêver ! Ils ont laissé Françoise en liberté ?

Je veux bien que les nanas soient fortiches pour le baratin, mais tout de même !

J'attends encore pour voir s'il n'y a pas un factionnaire dans la région. Non ! La rue est vide comme un poème de Minou Drouet.

Le mieux que j'ai à faire, c'est de retourner chez Françoise. Nous tiendrons un conseil de guerre pour savoir quelle attitude adopter...

Voyez Pinder !

Encore des rétablissements au-dessus du vide. Cette fois, j'ai la technique. Je me hisse jusqu'à l'encadrement de la seconde croisée et je m'insinue dans la salle de bains.

M'est avis que la môme Çoi-çoise doit se demander ce que je suis devenu. Si elle a le hoquet, je vais l'en guérir en débouchant de la salle de bains.

J'ouvre la porte, traverse l'entrée et pénètre dans le studio.

— Coucou, dis-je à ma gentille Suissesse en entrant, car elle est assise dans un fauteuil.

Mais cette tendre enfant ne sursaute pas.

Comment sursauterait-elle avec la gorge cisaillée d'une oreille à l'autre !

# TROISIÈME PARTIE

Je contourne le fauteuil et je la vois.

Ma stupeur est telle que je suis obligé de m'asseoir en face d'elle sur le divan. J'ai tout le temps de contempler le désastre... C'en est un !

Françoise a changé de visage. La mort la fait ressembler à une statue. On dirait qu'elle est en cire... Elle porte des traces de brûlures de cigarettes aux joues et sur les seins, car son corsage bâille, à demi arraché.

Je réalise à quel point je me suis trompé sur le compte des deux croquants. Ce n'étaient certes pas des poultocks ! Je vois très bien ce qui a pu se passer. Lorsque Françoise a tubé à Mathias, la femme a pris la communication et a rancardé les pontes du réseau au lieu de prévenir mon ami. Ils ont adressé deux durs à titre de renseignement. Ces bonnes gens ont fouillé l'appartement, n'y trouvant personne, et ont mis leurs pattes sales sur les documents

chauffés à Vlefta. Sur ces entrefaites, Françoise a rappliqué. Ils l'ont questionnée à mon
sujet. Elle n'a pas pu dire où j'étais — et pour
cause — malgré les sévices qu'ils lui ont fait
subir, et ils l'ont butée pour l'empêcher de
parler...

C'est ce qu'un couvreur appellerait une
tuile ! Voyez-vous, bande de ceci et cela, ce
qui vient d'arriver à ma gosse d'amour va
renforcer encore votre poltronnerie. Ceux qui
sont partisans de jamais s'engager dans une
sale histoire vont puiser dans la mienne des
sujets de méditation en tôle galvanisée. Vive
les pantoufles ! vont-ils écrire en lettres grandes commak sur leur cheminée. Vive la
tranquillité ! Et ma foi, je ne peux leur donner
tort.

Je file un ultime coup d'œil au cadavre. Les
yeux en sont clos. Pourtant on peut lire une
intense panique sur le gentil visage.

Je murmure :

— J'aurai leur peau, Françoise, c'est juré !
Ils te le paieront, ces enfants de fumier !

Je me lève, parce que le voisinage devient
impossible. On ne peut cohabiter longtemps
avec un macchab, la maison Borniol vous le
dira !

Je biche mon flouze dans mes poches, mon
larfeuille, et je dis bonsoir à la dame. Comme

j'ouvre la porte, je fais un bond en arrière qui m'envoie dinguer dans le porte-pébroques.

Il y a trois Messieurs sur le paillasson, qui s'apprêtaient à sonner. Et ceux-là, pas d'erreur possible ; ce sont des vrais de vrais. Ils ont des bouilles qui ne trompent pas. Ils seraient nègres ou nains que ça ne se verrait pas davantage.

Le gnard San Antonio se demande à la brutale si, par hasard, ça ne serait pas le commencement de la fin.

Il y a des flics qui pigent vite à condition de leur expliquer longtemps à l'avance. Ça n'est pas le cas des « miens ». Doux euphémisme, n'est-ce pas ?

Aussitôt qu'ils m'aperçoivent, ils me bombent dessus comme un gonocoque sur un poumon. Je suis tellement saisi (comme dirait l'huissier du canton) que je me laisse alpaguer sans avoir le moindre mouvement de défense. Clic-clac, me voici avec les poucettes. Avouez que pour un zig qui a passé sa vie à les mettre aux autres, ça ne manque pas de cocasserie.

Là-dessus, ces bons messieurs poussent la porte vitrée du studio et c'est le gros tollé d'imprécations. Ce meurtre m'est immédiatement attribué, vous le pensez bien. Quand un perdreau trouve un cadavre avec, à côté de lui, un bonhomme qui a déjà commis un meurtre, il ne se pose pas de problo.

Le plus mahousse du trio, — celui à qui j'ai

fait glavioter ses chailles dans le train — ne peut se contenir. Il me met un bourre-pif colossal qui me fait exploser le tarin. Je me mets à renifler du raisin et je titube mochement. Pour me réconforter, un de ses compagnons me file un coup de genou dans les joyeuses, et, instantanément, mon cœur me remonte dans la gargane, sans doute parce que je l'avais placé trop bas !

Exclamations ! Invectives ! Bonbons ! Caramels !

Je suis soulevé de terre, embarqué dans l'escalier dont on me fait descendre les marches cinq à cinq, et j'atterris dans une bagnole, entre deux poulets qui n'ont pas de la feutrine à la place des biscotos.

Mon naze plein de sang m'empêche de respirer normalement. Je suffoque… Cette fois, les amis, vous pouvez préparer le panier ! On peut considérer que j'ai terminé ma carrière.

On m'emmène à l'hôtel de police sans tambour ni trompette. Là, je ne fais pas antichambre. Je suis conduit directo dans le burlingue d'un gros ponte qui vient d'être rancardé sur mes derniers exploits et qui démarre sur les chapeaux de roue son interrogatoire.

Mon identité, pour débuter, nature ! La police commence toujours par là, depuis le

plus obscur garde-champêtre jusqu'au préfet.
J'allonge le blaze porté sur mes faux-fafs...
Les matuches reviendront de leur erreur un
de ces quatre, mais en attendant je n'ai pas
d'autre conduite à adopter.

Ensuite profession.

— Représentant, fais-je, d'un ton détaché.

— En quoi ?

— En tire-bouchons à pédale... C'est une
invention à l'usage des manchots. Vous appe-
lez un voisin afin qu'il enfonce le tire-
bouchon dans le bouchon. Ensuite vous
actionnez les pédales, celles-ci entraînent un
pignon qui transmet la force imprimée à un
levier situé à l'extrémité supérieure du tire-
bouchon. Et hop ! Le bouchon s'enlève...
Pour les bouteilles de champagne nous avons
un appareil spécial destiné à casser les gou-
lots...

Si vous n'avez jamais vu un zig ahuri,
radinez dare-dare ! Ça vaut son jeton de
présence. La grosse légume policière clape à
vide plusieurs fois et des points d'interroga-
tion scintillent dans ses méchantes bésicles.

C'est un homme grand et maigre, avec un
crâne étroit et des yeux hostiles.

Pour l'instant, il se pose la question que
j'espérais provoquer en lui. Il se demande si je
suis fou. Et il se le demande en suisse-

allemand, en français, en italien et en gri-
son... Ça prend donc du temps...

Mon attitude est puérile, j'en conviens,
mais comprenez qu'il m'est impossible de me
défendre autrement *puisque je ne dois rien dire*.
Vous mordez ?

Alors, le mieux c'est de jouer les cinoqués !

Le type poursuit, après que je me suis tu :

— Où habitez-vous ?

— Dans un coquillage de l'océan indien,
fais-je, le plus gravement du monde... Je m'y
suis fait installer le chauffage au mazout et la
télévision à vapeur. J'y suis très bien.

— Je suppose que vous vous moquez de
moi ? demande-t-il, non sans finesse.

Je fronce les sourcils.

— Les escargots volent trop bas pour que
je puisse me le permettre !

Il se passe la dextre sur la citrouille. Ça lui
file des vapeurs à cet homme, faut le comprendre !

Il hésite, puis se lève et va à une porte qu'il
entrouvre. Il appelle un bonhomme. Ce dernier est jeune, avec l'air futé et un complet
prince de Galles.

Tous deux s'asseyent après avoir discutaillé
en loucedé. Le supérieur poursuit .

— Pourquoi avez-vous assassiné Vlefta ?

— Parce que le grand soleil noir me l'a
ordonné.

— Qui est le grand soleil noir ? bégaie l'autre tronche, de plus en plus estomaqué.

— Celui qu'a désigné le carré de l'hypoténuse !

Il dit quelque chose à son collègue. Ça doit signifier : « Vous voyez ? »

— Où vous êtes-vous procuré l'arme ?

— Le bras fort est toujours armé !

— Qu'avez-vous fait de la serviette volée à Vlefta ?

— Une selle de course pour course à pied.

Je tombe à genoux, les mains jointes, le visage fervent et, sur un ton d'oraison, je récite :

— Course à pied. Pied à terre. Terre de feu. Feu follet. Lait de vache. Vache de mouche. Mouche à miel. Miel de Narbonne. Bonne d'enfant. Enfant de troupe. Troupe de chevaux. Chevaux de Longchamp. Champ de navets. Navet blanc. Blanc d'Espagne. Pagne de nègre. Nègre noir. Noir de fumée.

Maintenant, les deux magistrats s'obstruent les portugaises.

— Assez ! barrit le plus jeune.

L'autre sonne, des gardes s'annoncent et m'embarquent dans une cellote. Bon. Dans ma pommade, je ne me défends pas trop mal. J'ai idée que j'ai choisi la bath formule. Si je parviens à jouer les dingues assez longtemps, j'éviterai peut-être le procès !

Je passe une nuit calme. On me fiche la paix. La taule est presque confortable. Bien moins déprimante en tout cas que les prisons françaises. Les draps du lit sont propres. Et la gamelle de tortore est bonne.

Chose surprenante, on ne m'a pas encore fouillé, si bien que j'ai toujours le chèque sur moi. Allongé sur le pucier, les mains croisées derrière la nuque, je gamberge à âme perdue... Ma situation est tocasson en plein. Le Vieux ne peut rien pour me tirer de là, il m'a prévenu. C'était à moi de me déplâtrer. Dans ce putain de métier, c'est comme ça. On vous donne des ordres précis. On vous charge de commettre des actes illégaux, et puis si ça tourne au caca, tant pis pour vos arpions !

Je le savais en entrant au Service, que ça se passait ainsi. Et j'ai dit banco, because mon vieil optimisme me laissait croire que je me tirerais toujours des plus proches pièges à rats.

Seulement, les supermen, on ne les rencontre qu'au cinoche. Et ils ont la gueule de Gary Cooper ou d'Alain Delon. Dans la réalité du bon Dieu, ça se passe autrement. Il arrive que les vilains triomphent. Dans la vie, y a pas de censure pour obliger la morale à suivre son cours ! C'est au plus dém... brouillard. Malheur au vaincu, vous connaissez l'adage ? Les chats becquetent les souris. Les autos écrasent les chats. Les platanes interceptent les autos et tutti frutti, comme fait volontiers cette grosse onfl de Bérurier...

Je me dis que je suis bien bas de plafond. Au lieu de ronger mon frein, ce qui est mauvais pour mes ratiches, je ferais mieux de regarder s'il n'existe pas un moyen de m'en sortir...

Je suis en Suisse. Ici les méthodes policières sont scientifiques et moins routinières qu'ailleurs. On a plus de considération pour un détenu qu'en France, par exemple.

La preuve, c'est que lorsque j'ai démarré dans mon personnage de dingue, les papes de la grande taule n'ont pas insisté. Ils vont me faire examiner par un psychiatre avant de poursuivre mon interrogatoire. Ils pensent que je les bidonne, naturellement, mais comme un léger doute subsiste ils jouent le jeu, en types réglos.

Les gardiens doivent être prévenus que je

suis un gnace pas normal, branché peut-être sur l'alternatif.

Si je leur faisais du cinéma d'amateur, il y a des chances pour qu'ils m'envoient à l'hosto... Et de là... De là tous les espoirs me seraient permis.

Aussitôt envisagé, aussitôt adopté.

Je prends un drap de mon lit. Je le tords en corde et me le noue au corgnolon. Et puis je roule à terre en poussant des cris d'orfèvre.

Je donne un très joli récital de cris inhumains. J'imite le goret qui s'est fait coincer la queue dans le tiroir d'une commode Empire. Ensuite le glapissement du chacal en chaleur. Je passe alors à une colère d'éléphant qui vient d'apprendre que sa femme le trompe. Le tout agrémenté de ruades... Je me secoue, je fous le matelas par terre. Je tire sur mon drap... Et ce jusqu'à ce que la garde radine au pas gymnastique.

On délourde, on s'exclame, on me maîtrise...

Ils sont deux gardiens. Un troisième se pointe, le képi de traviole. C'est un chef, il a de l'argent sur les manches.

— Emmenez-le à l'infirmerie, dit-il, je vais prévenir le Directeur.

On me happe et on me transbahute à travers des couloirs jusqu'à un ascenseur. On descend, on descend, comme Kopa lorsqu'il a la balle au pied et personne devant lui.

Re-couloir... Un local fleurant l'éther... Nous arrivons.

On prévient le toubib, on me couche sur un lit... Je feins l'abattement intégral. Le praticien ne tarde pas. Il me triture les paupières, ausculte mon palpitant et hoche la trombine.

— La crise est finie, dit-il. Laissez-le là. Je vais le surveiller. S'il s'agite à nouveau nous lui ferons une piqûre pour le calmer...

Le gardien-chef, cette peau d'hareng déprimé, objecte :

— Vous savez qu'il est très dangereux, docteur ?

Le toubib acquiesce.

— Soyez sans inquiétude, on va lui entraver les jambes et je le ferai garder par deux infirmiers.

Je lui boufferais la rate en salade, garnie d'oignons émincés ?

Tout le monde se casse, sauf deux infirmiers qui s'installent entre la porte et mon lit.
Et ils ne semblent pas avoir sommeil, les
frangins.

Ils parlent à mi-voix de mes exploits dont
les journaux du soir débordent. Ma personna-
lité de tueur les déroute et les impressionne.

Tous deux sont jeunes et solidement char-
pentés. On ne les a pas nourris avec une
pompe à vélo, ça se voit.

Ils doivent jongler avec les malades comme
avec des soucoupes, ces deux cadors.

— Tu crois que c'est un fou ?

— Je ne sais pas, ça se pourrait... Pour
brûler les seins d'une fille avec une cigarette
et lui ouvrir la gorge.

C'est une révélation pour moi. Je pige alors
pourquoi on a cru chez les pontes que j'avais
peut-être des charançons dans l'abat-jour.
Évidemment, le fait que l'on me croie capable

de pareils sévices sur une femme ne peut qu'amener à une telle conclusion.

Je reste immobile. D'après ce que j'ai pu voir, l'hosto se trouve dans les mêmes bâtiments que la prison. Ça complique l'évacuation, mais je dois reconnaître que le personnel de nuit est peu nombreux, probable que les clients sont aussi rarissimes que dans un palace pendant la morte-saison.

Mes infirmiers cessent d'échanger des hypothèses sur mon état mental. Je les entends respirer de façon régulière. C'est bon signe...

Si je n'avais pas les chevilles attachées ensemble par une sangle, je risquerais un plongeon dans le tas et je leur administrerais un petit soporifique de ma composition, promis !

Lentement, lentement, avec le silence d'un reptile sur du velours, je me contracte pour décrire un demi-cercle et saisir la boucle de ma sangle. C'est fait... Les deux gars continuent de somnoler. Ils n'ont rien entravé... Je m'immobilise pour leur laisser croire que tout est O.K. Puis je fais jouer la sangle dans la boucle coulissante... Voilà du mou dans la corde à noeuds. Je tends mes flûtes pour élargir l'espace qui est né entre mes deux chevilles. Puis, avec des contorsions fantastiques, j'arrive à dégager un pied... Ensuite, c'est l'autre...

Je me remets d'aplomb sur le lit et je bigle les deux planteurs de thermomètres pour voir où ils en sont. L'un ouvre ses lampions et m'aperçoit. Il pousse son pote du coude.

— Dis, Hans, il est réveillé !

L'autre est immédiatement dans la réalité. Les deux mecs se mettent à m'examiner comme s'ils étaient deux éminents biologistes et que moi je sois un bouillon de culture (1).

Je rabaisse le drapeau et libère un soupir plaintif qui rendrait nostalgique une couvée de tigres. Il vaut mieux attendre... Je m'immobilise et fais mine de pioncer. Seulement cette alerte a éveillé les deux infirmiers. Ils se mettent à faire tout un cours sur le suppositoire à travers les générations.

L'un est partisan de l'enfoncer par le bout pointu, alléguant qu'il est conçu pour, l'autre est tenant d'une méthode plus révolutionnaire qui consiste à l'introduire par le gros bout. Il puise dans l'aérodynamisme les bases de sa théorie. Le ton monte. J'admets que le sujet est passionnant. Ces messieurs sont sur le point de faire un concours. Je voudrais voir

---

(1) L'art de San Antonio, c'est de toujours trouver la comparaison qui fait mouche.

Fly-Tox.

ça. On prendrait des paris, ce serait exaltant.
L'équipe de suppositoires A de Division
Nationale rencontrant le C.U.S.S. (Club Uni-
versitaire du Suppositoire Suisse) dans un
tournoi comptant pour la Coupe mondiale et
qui serait disputé sur les bords du Pô, naturellement !

Et puis tout ça finit par devenir rasoir. Je
les laisse à leurs chères techniques pour
revenir à mon sujet personnel. Il a une portée
scientifique certes plus discutable, mais plus
passionnante aussi.

Brusquement je sursaute. Une chose effa-
rante m'apparaît que, dans mon émoi, je
n'avais pas soulignée : si les types du réseau
Mohari ont dépêché des tueurs chez Françoise, c'est parce qu'ils ont Mathias à l'œil.
Les documents trouvés chez la pauvre petite
leur prouvent que Mathias est pourri jusqu'à
l'os vis-à-vis d'eux, puisqu'il a pour ami
l'assassin de Vlefta.

Donc Mathias a dû être mis en l'air au
retour de l'expédition. A moins d'un miracle.
Peut-être les autres le gardent-ils en observation dans l'espoir qu'il leur permettra de
remonter jusqu'à moi, le détenteur du gros
chèque ? En ce cas, il faut que je prévienne
illico Mathias... Il doit larguer son poste et
rentrer... Je ne suis pas fiérot. Je croyais avoir
réussi ma mission, mais mon imprudence a

réduit à néant cette certitude fallacieuse. Je n'aurais jamais dû faire contacter Mathias... Le Vieux ne m'avait filé son adresse que pour le prévenir en cas d'échec... Lorsqu'il va apprendre que j'ai commis une couennerie aussi monumentale, il me traitera de tous les blazes... En admettant bien sûr que je puisse reparaître devant lui.

Je reviens à mes deux semeurs de suppositoires. Ils ont abandonné le sujet angoissant pour en aborder un autre digne également d'intérêt et qui concerne la manière de donner le bassin à un unijambiste.

Je me mets sur un coude pour les interrompre.

D'une voix plaintive, je balbutie :

— Par pitié, j'ai soif... Donne-moi la rosée des nuits de printemps à boire... Pitié...

Les gars se lèvent.

— Donne-lui tout de même à boire, fait le plus costaud qui connaît ses classiques.

L'autre, bon cheval (vous avez saisi l'allusion ?) se lève et va tirer de la flotte au robico. De la baille de tuyauterie ! Il ne m'a pas regardé !

— J'y mets un barbiturique ? demande-t-il à son collègue.

— Quelques gouttes de Somnigène, comme ça il nous fichera la paix !

Un Suisse demander qu'on lui fiche la

paix ! Ça ne manque pas de sel, comme dirait
Cérébos.

L'infirmier qui me sert à boire prend un
petit flacon brun et se met à compter des
gouttes...

— Vingt-cinq... vingt-six...

Il me met la forte dose... Avec ça, je suis
certain de faire un petit voyage d'agrément au
pays du Picasso en branche.

Le jeune homme s'approche de mon lit,
porteur du verre. J'ignore si vous l'avez
remarqué, mais lorsqu'on tient un verre plein
à la main en marchant, on a le souci de
maintenir son équilibre et l'on ne pense à rien
d'autre.

Le zig est au bord de mon lit. Il me tend la
drogue... Je fais le type trop faiblard pour
s'en saisir.

Il se rapproche encore, se penche. Alors,
Bibi lance son bras et le biche par le cou.
Drôle de prise. C'est mon pote Arthur-le-
Grincheux qui me l'a apprise. Une secousse,
un fléchissement du buste, une remontée de
l'épaule, une traction avant (Citroën dixit) et
mon compteur de gouttes se retrouve à l'autre
bout de la carrée, les bras en croix, affligé
d'un torticolis qui ne lui passera pas de sitôt.
Il va pouvoir se mettre une bande Velpeau au
cou, le frère... Je saute du lit et j'arrive au
second infirmier un poil de seconde avant

qu'il ne se lève de sa chaise. Il prend un coup
de boule dans le placard et retombe assis. Il
met son brandillon en avant. Je le lui bloque
et le tords. Il gueule ; une torsion, le voilà à
genoux par terre. Il a droit à un formide coup
de genou dans le clapoir... Ses ratiches jouent
« Troïka sur la piste blanche ». Il tombe à
plat ventre. Je le finis ensuite d'un dernier
coup de latte à la tempe...

Ensuite, sans perdre de temps, je porte les
deux mecs en travers de mon lit et, utilisant la
sangle réservée initialement à mon usage
personnel, je les attache dos à dos... Je les
bâillonne avec un drap de lit et je suis heureux
de vous informer que ces deux messieurs
oublient comment s'administrent les suppositoires. Ils font des rêves en vistavision et leurs
crânes carillonnent comme Saint-Pierre de
Rome un matin de Pâques.

Je vais ouvrir le placard où l'on a remisé
mes fringues et je me sape presto.

Ensuite, je fouille les infirmiers. Sur l'un
d'eux (le supporter du suppositoire à l'envers)
je découvre un trousseau de clés. Je me
l'approprie...

Ça va être à bibi de jouer. Je suis tout seul
maintenant, livré à moi-même dans la Grande
Taule. Et je n'ai pas d'arme... C'est du reste
beaucoup mieux car, si j'en avais une, je me
garderais bien d'en faire usage...

J'ouvre la porte de la chambre et sors dans un couloir peint en blanc. Une veilleuse bleuâtre brille au plafond... Je longe ce corridor déprimant. A l'autre extrémité, nouvelle lourde. Elle répond à l'appel que je lui adresse et ne fait pas de giries pour s'ouvrir toute grande.

Voici maintenant un palier avec un ascenseur à gauche et un escalier à droite. Je choisis l'escadrin. Ça fait moins de bruit et l'on ne risque pas de s'y faire bloquer entre deux étages.

Je descends... L'infirmerie de la prison est située au premier. En bas, il y a un hall blanc avec des portes à droite et à gauche et une, en bois massif, au fond. C'est celle-ci qui m'intéresse.

Seulement celle-ci est verrouillée... Je repère l'orifice de la serrure et examine les clés du trousseau. J'ai l'œil amerlock. Je choisis la bonne d'entrée.

Deux petits tours, une pression, et me voici dans une cour pavée que borde un haut mur hérissé d'une grille pointue. Pour se tailler de là, il faut être hélicoptère... Je fais le tour de la cour. Nouvelle porte... En fer, celle-là, et munie de barreaux gros comme ma cuisse. Ils ne font pas de détail, les Bernois.

J'essaie les autres clés, mais c'est scié. Aucune n'entre dans la clenche. Je peste

comme un perdu... Que faire... M'étant
accoutumé à l'obscurité du coin, je repère
alors une sonnette à droite de cette porte. Je
suppose qu'elle alerte un préposé à l'ouverture de ladite porte. Il faut que j'en passe par
là. J'appuie deux fois sur la sonnette, sur un
rythme léger. Ça fait « habitué de la maison ». Un instant, le silence me retombe sur
le râble. Et puis, il y a une espèce de frisson
électrique et la porte s'ouvre toute seule. Je
n'en reviens pas. M'est avis que c'est ma
géniale idée des deux petits coups aériens qui
me vaut ça.

Le gardien doit être zoné. Il a cru reconnaître le coup de sonnette d'un familier et il s'est
contenté d'appuyer sur le bouton de déclen-
chement. Je passe précipitamment. La lourde
se referme seule.

Me voici sous une poterne. A l'extrémité,
un guichet de lumière... J'hésite... Il ne s'agit
pas de barguigner. Je m'avance vers le guichet en prenant soin de demeurer dans
l'ombre.

Mon regard plonge à pieds joints dans un
poste de garde propre, tout carrelé de blanc,
dans lequel un gardien est assis dans un
fauteuil d'osier. Il a les pieds sur une chaise et
un journal gît à ses côtés, prouvant que le gars
est dans les vapes.

Je lance un petit cri joyeux qui est le fait

d'une conscience pure. L'autre bâille en guise
de réponse. Moi, je continue ma route et je
parviens à une porte monumentale que je
reconnais. C'est la porte de la prison. Il existe
un poste de garde à côté, comme celui de la
poterne. J'aperçois à l'intérieur quatre gardiens qui jouent aux cartes.

Je regrette intensément de ne pouvoir dis-
poser d'un pétard afin d'intimider ces messieurs et de leur demander avec gestes à
l'appui de m'ouvrir. Là, le pépin est
mahousse. Si je rentre dans le poste, ils vont
soit me tirer dessus, soit me maîtriser. De
toute manière, l'alerte sera donnée, je serai
fini. Je ne peux espérer avoir raison de quatre
hommes armés ! Ça n'existe pas même dans
les aventures de Tintin !

Je boufferais ma cravate si j'en avais une.
Que faire ? J'en suis là de ma perplexité
lorsqu'un pas sonore se fait entendre dans le
silence nocturne (1).

Je me tapis dans le renfoncement situé
entre la grande porte et le poste de garde.

L'arrivant est un personnage massif, coiffé
d'un chapeau taupé à bords roulés et qui,

(1) Il est évident qu'une telle image manque de vigueur.
Pourtant, un romancier se doit parfois de sacrifier à la
tradition. Cette tradition veut qu'un silence soit nocturne, un
confrère éminent, un économiste distingué et la Belgique une
vaillante petite nation.

malgré la saison, porte un pardessus. Il frappe à la porte vitrée du poste de garde. Un gardien s'approche.

Il lance une phrase inaudible pour moi, sur un ton obséquieux, ce qui me fait penser que l'arrivant doit être une grosse légume de la taule, peut-être le diro ?

Puis l'homme en uniforme sort, tenant une clé immense à la pogne.

Il va à la lourde et l'ouvre... J'ai un frémissement de joie. Le gardien ouvre le panneau opposé à celui contre lequel je suis plaqué, si bien qu'il est masqué par le vantail. Le zig au lardeuss s'avance pour sortir. Au moment où il est engagé à l'extérieur, je bondis, le bouscule et franchis le porche. J'entends le bonhomme s'exclamer... Puis il y a des cris, seulement je suis déjà loin... Je fonce sur un boulevard bien éclairé. Personne en vue... J'ai toute la vélocité de l'univers dans mes guiboles. Un échassier ne me ferait pas la pige et Jazy se mettrait à chialer s'il essayait de me courser.

Je prends des rues, les plus obscures possibles... Je tourne à gauche, à droite, comme lorsqu'un homme fuit... J'ai le souci de compliquer ma piste. S'ils se mettent à ma poursuite avec des clébards, ce dont je doute, j'entends du moins leur donner du fil à retordre.

Me voici brusquement parvenu à l'angle de la rue principale de la ville. Quelques rares noctambules se hâtent vers leur domicile. Je reste un moment dans l'ombre pour reprendre mon souffle. J'ai dans le buffet un feu tumultueux qui pétille, qui m'embrase et mon cœur désordonné est dur comme un caillou. Il me fait un mal affreux... Enfin, ça se tasse.

Je traverse un carrefour désert... Je me reconnais parfaitement. Près d'ici il y a des arcades, puis la rue aux fontaines bariolées. Je me glisse à l'ombre des arcades... Que faire ? J'avise alors des bagnoles en station dans la rue. Ces véhicules passent la nuit dehors. Je devrais en piquer un, ce serait un abri provisoire, pour la durée de la nuit et ça me permettrait de me déplacer sans attirer l'attention.

Je jette un petit coup de périscope alentour : nobody.

Je m'approche d'une citron. Puisque j'ai le choix, mieux vaut prendre une bagnole dont j'ai l'habitude.

Les portes en sont verrouillées, mais je ne me formalise pas pour autant.

Le temps pour un bègue de compter jusqu'à trois et la chétive serrure me dit : « Entrez, vous êtes chez vous. »

Je prends place au volant. Pas de complica-

tions, pas d'antivol... Du gâteau ! Le moteur
ronfle bien, son bruit familier me réconforte.
Je me suis sorti du gros pétrin... Maintenant,
il s'agit de prévenir Mathias... Je roule au
hasard des rues vides et j'avise un brave
monsieur en robe de chambre qui fait lansqui-
ner son cador.

Le gaille ressemble à un O'Cedar et le
monsieur à un plumeau sans plumes. Il est
chauve comme une enclume. Je stoppe à sa
hauteur et prenant bien soin de ne pas mettre
la frite à la portière, je m'informe :

— La Tessinstrasse, s'il vous plaît ?

Il s'approche. Le toutou en profite pour
gauler contre ma portière. Le mai-maître se
fâche après lui. Je lui assure qu'il n'y a pas de
mal ! Tu parles, ce que j'en ai à fiche que les
chiens de Berne urinent sur cette tire ! On
peut amener les éléphants du parc zoologique
(s'il y en a un) ça m'indiffère autant que la
couleur du cheval blanc d'Henri IV.

Le bonhomme me donne les indications
sollicitées de sa haute bienveillance. Je l'en
remercie. Grâce à ses précisions, dix minutes
plus tard, je sonne devant la pension Wiesler.

C'est une maison ancienne, avec du fromage autour des fenêtres, et la patine du
temps sur ses pierres de taille.

Je tabasse à l'huis. La façade est obscure,
c'est un peu téméraire ce que je fais, mais la

saison de la prudence est révolue. Je livre
pour l'instant un combat contre la montre et
je ne dois plus penser à moi. L'essentiel est
que j'alerte Mathias. Il faut qu'il se barre à
toute vibure cette nuit, s'il est encore vivant,
ce qui n'est pas certain !

On ne répond pas à mon tabassage. Je me
file en renaud et j'y vais du grand rodéo. De
quoi ameuter le quartier. Une lumière finit
par poindre dans une vitre du rez-de-
chaussée. Une ombre s'approche, un rideau
se soulève, un visage de vieille dame à chignon se plaque contre la vitre, pareil à une
tronche de poiscaille exotique.

Je souris à la personne. Elle entrouvre sa
fenêtre.

— Que se passe-t-il ? demande-t-elle.

— Excusez-moi, vous êtes la logeuse ?

— Je suis mademoiselle Wiesler, parfaitement, et je...

— Pardonnez-moi de vous réveiller, mademoiselle, mais il s'agit d'un cas de force
majeure. Il est indispensable que je parle à
M. Mathias d'extrême urgence...

La vioque se radoucit. Elle ressemble à une
caricature de Miss Anglish... En moins bien.
Elle porte une chemise de nuit en zénana avec
des fleurs et son chignon volumineux
conviendrait parfaitement à un coucou pour y
élire domicile.

— M. Mathias n'est pas rentré.

Une main de glace me caresse le dos.

— Pas rentré ?

— Non. C'est à quel sujet ?

— Un de ses parents est très malade !

— Mon Dieu ! Sa mère ?

— C'est ça...

La vieille est retournée. J'insiste.

— Vous croyez qu'il va tarder ?

— Je l'ignore... Ça n'est pas régulier...

Elle émet un ravissant petit cri de cigogne qui s'étrangle.

— Oh ! Attendez, je crois savoir où il se trouve !

— Non ?

— Si... Je l'ai entendu téléphoner, cet après-midi... Il a fixé un rendez-vous à onze heures à la Grande Cave...

— Qu'est-ce que c'est que ça ?

— Vous ne connaissez pas Berne ?

— Non.

— C'est une grande brasserie souterraine avec des attractions...

— Oh, très bien !

— Vous ne pouvez pas vous tromper...

Elle m'affranchit sur la route à suivre.

— Vous dites, mademoiselle, qu'il avait rendez-vous à onze heures ?

— Si fait !

— Puis-je vous demander l'heure ?

— Minuit moins vingt…

Je cours à la bagnole. Avec un peu de vase, j'arriverai peut-être à temps. Ce rembour ne me dit rien qui vaille. Il est probable que les petits amis du réseau Mohari ont des projets en ce qui concerne l'avenir de Mathias…

J'espère que leur entrevue se sera prolongée un brin et que j'arriverai à temps. Je suis dingue, penserez-vous, de me rendre dans la plus grande brasserie de la ville alors que ma binette occupe la première page des baveux. Mais je n'ai pas le choix. Je me trouve devant la Grande Cave… L'entrée ressemble à une entrée de métro. Une affiche écrite à la main annonce en caractères tremblés et multicolores : *Les Vierges du Rhin ! Orchestre tzigane !*

Je descends une volée de marches, ce qui est préférable à une volée de bois vert, et je suis stoppé dans ma descente par une charmante petite dame derrière un guicheton qui m'annonce qu'on doit douiller un prix d'entrée pour avoir droit aux Vierges du Rhin. Je m'exécute. Nouvelle volée d'escalier. La Grande Cave est un établissement vraiment curieux. Il figure un immense tonneau. La salle a la forme d'un tonneau, ainsi que la scène. Et les tables sont des tonneaux. Il y a une galerie au premier étage où se pressent quelques jeunes gens qui n'ont pas les moyens de consommer et des bourgeois cossus bouffent en bas ou fument des cigares longs comme des baguettes de chef d'orchestre.

Je jette un regard à la galerie du haut de l'escalier monumental. Je ne vois pas Mathias... Alors je descends et m'installe à une table près d'un pilier.

Les Vierges du Rhin font rage (et désespoir) sur la scène. Leur moyenne d'âge doit être de soixante-quatorze ans environ. La violoniste qui dirige l'orchestre a une tête qui lui permettrait de postuler à l'emploi de Madame Pipi dans des gogues aussi souterraines que la Grande Cave.

Elle joue comme si elle était dans une cour et son violon, suivant ses mouvements d'archet, lui décroche son râtelier que je m'attends à voir choir sur l'instrument d'une minute à l'autre.

Mais ça n'est pas la chose de la mélodie qui m'a amené làga. Je regarde dans la salle et, m'étant penché, j'ai l'indicible honneur d'apercevoir Mathias à une table. Il est de profil par rapport à moi et il se trouve en compagnie d'une fille qui me tourne le dos. Si j'en juge d'après leur attitude, ils ne sont pas en froid. Mon pote tient la main de sa bergère et la bécote goulûment. Décidément, j'ai eu tort de m'alarmer. Les gens du réseau Mohari sont plus fortiches et plus patients que je ne l'estimais. Ils laissent Mathias suivre son petit bonhomme de chemin parce qu'ils ont l'intention de se servir de lui, le moment venu.

Un serveur efféminé radine et me pose une question en suisse-allemand.

— Vous parlez français, mec ?

— Un peu, affirme l'évanescent, j'ai servi quatre ans à Tabarin ! Il me dit :

— Vous êtes de Paname, non ?

— Ça se voit ?

— Et ça s'entend...

Il me défrime...

— Dites donc...

— Hum !

— Vous ne feriez pas du cinéma par hasard ?

— Non, pourquoi ?

— J'ai l'impression d'avoir vu votre photo quelque part...

Des perles de sueur irisent mon nez (1).

— Il s'agit d'une ressemblance. Tout le monde me dit que je donne de l'air à Cary Grant.

— Moi je ne trouve pas, affirme le tordu.

— Je suis plus près de Gabriello, à votre avis ?

— Je n'ai pas dit ça...

Je ne tiens pas à pousser les plaisanteries

_____

(1) Que de fraîcheur ! Comme ça pétille !

trop loin car ça m'embêterait qu'il aille chercher un canard du jour.

— Donnez-moi une choucroute et une bouteille de blanc...

— Duquel ?

— Du chouette !

— Bien, monsieur...

Il s'éloigne d'une allure sautillante. Je continue de surveiller Mathias. J'ai idée que le couple attend quelqu'un... Il est peut-être avec une gisquette qu'il a levée à Berne, et les autres tordus du réseau vont s'annoncer pour casser la cabane.

Si j'ai un conseil à me donner, c'est d'ouvrir l'œil, et, de préférence, le bon.

Je suis de toute manière interposé entre la sortie et Mathias. Je vais attendre, peut-être trouverai-je le moyen de l'alerter discrètement.

Le garçon qui fut Parisien et qui est resté de la jaquette flottante, radine, triomphant, portant un immense plat d'argent sur lequel fume une monumentale choucroute. Son fumet me titille les glandes. J'ai une faim d'ogre...

Sans me forcer, je liquide la charretée de choucroute, les saucisses fumées, le lard, le jambon, les patates. La boutanche de blanquet y passe. Quand je repousse mon assiette je me sens énorme comme les Peter Sisters réunies.

Mathias attend toujours une arrivée problématique, en mordillant le bout des doigts de sa compagne. Ce sacré Mathias a toujours commencé par culbuter une mousmé lorsqu'il arrive quelque part. A part moi, je ne connais pas de zig plus porté que lui sur le zizipanpan... Je ne peux m'empêcher de rigoler en le voyant se livrer aux cuculteries en vigueur (si je puis dire) chez les amoureux. Ce sont de ces mièvreries que tout le monde fait avec fougue lorsqu'elles viennent en situation, mais qui vous donnent envie de vous taper le derrière sur une borne kilométrique lorsque vous les voyez faire par les autres.

Ayant torpillé ma bouteille, je commande
un alcool pour me doper un peu. Je commence à en avoir un sérieux coup dans la
pipe. Si je me tire de cette aventure inouïe, je
vous jure que j'irai prendre du repos sur la
Côte, que ça plaise ou non au Vieux.

Mais je n'en suis pas encore là, il s'en faut !

Je me dis qu'après tout, je peux fort bien
me rapprocher de leur table. Si Mathias me
voit, il viendra à moi, soit directement s'il le
juge possible, soit de façon détournée. C'est
un garçon énergique et volontaire qui appartient depuis assez peu de temps aux Services,
mais qui a toujours déployé la plus louable
initiative.

Je paie le garçon froufroutant et je
m'avance en direction du couple. Je n'en suis
plus qu'à trois mètres. Mathias dépose un
baiser furtif dans le cou de sa compagne. Ce
faisant, il m'aperçoit et son regard s'agrandit.
Je lui fais signe de ne pas tiquer et je bigle
dans la glace qui se trouve contre le mur d'en
face des deux amoureux.

Je prends une sérieuse secouée dans la
moelle épinière ! Oh pardon, madame
Adrien ! La fille qu'il est en train de bécoter
n'est autre que mon empoisonneuse, la toute
charmante Gretta !

Pour une surprise, c'en est une. Et de
taille ! Je fais volte-face et fonce dans l'entrée

des toilettes. J'attends un moment, pensant bien que Mathias va m'y rejoindre.

Effectivement, il s'annonce, le visage tendu. Il fait comme s'il ne me connaissait pas et s'assure que les gogues sont inoccupés. Puis il tire un peigne de sa poche et vient coiffer sa chevelure noire devant le lavabo.

Sans me regarder, il murmure :

— Eh bien, que se passe-t-il ?

— On projette de me faire jouer Buffalo Bill à Hollywood et je m'entraîne...

— Tu parles d'une histoire ! Que s'est-il passé ?

— Tu avais signalé au Vieux l'arrivée de Vlefta qui, paraît-il, te connaissait ?

— Oui.

— Le Vieux m'a chargé de le mettre en l'air...

— J'ai vu...

— Seulement la fille qui est avec toi a bien failli tout me faire rater !

Il bondit :

— Gretta ?

— Oui... Elle m'a vampé près de la fosse aux ours, m'a entraîné dans une maison solitaire et glacée et m'a farci de poison... Si je n'avais pas eu un estomac en fonte renforcée, tu pouvais me commander une couronne de roses !

Cette révélation le sidère.

— Tu es certain de ne pas faire erreur ?

— Espère un peu, fiston, j'ai l'œil exercé !
Ma rétine, c'est le plus complet des Kodak...
Quand j'ai vu quelqu'un, et surtout... quel-
qu'une, une fois, je ne l'oublie plus...

Comme il en oublie de se râteler la tignasse,
j'insiste :

— C'est ton égérie ?

— Ben...

— Alors, change de crémière, sinon de
crémerie ! Celle-ci est aussi dangereuse qu'un
paquet de plastic dans ton slip au moment où
tu t'apprêtes à faire de l'équitation !

Il me regarde.

— Mais... elle n'a rien à voir avec le
réseau, San Antonio ! Je l'ai connue...

— C'est ça, en achetant des prunes ! Tu es
jeune, Mathias... Cette fille fait partie de la
bande et ils te l'ont collée aux fesses pour
mieux te surveiller...

— Tu crois ?

— Idiot ! Elle était chez toi, ce matin ?

— Oui...

— Et toi, tu es sorti ?

— Oui...

— Elle ne t'a pas transmis un message de
moi ?

— Non.

— Voilà une nouvelle preuve de sa culpa-
bilité, si on en avait besoin pour faire le bon

poids. Au lieu de t'affranchir, elle a tubé à ses complices. Et ils m'ont envoyé deux fume-lards pour me liquider. J'ai pu m'en tirer, mais la gosseline qui m'abritait a eu moins de pot et on est en train de lui confectionner un chouette tailleur de saison, en planches !

— C'est pas vrai !

— Dis, Mathias, tu as été élevé à l'interjec-tion, toi ?

Il remise son dérange-poux.

— Eh bien ! mon vieux, tu nous en apprends, des trucs !

Je me fouille.

— Il faut que tu gagnes absolument la nuit, Mathias... Tu attends des mecs de la bande ?

— Oui.

— Fais gaffe à tes os. Trouve un moyen pour ne pas rester seul au-dehors avec eux... Tiens, trouve-toi mal ici de façon à te faire conduire à l'hosto... Ou bien casse la gueule au garçon du restaurant pour être bouclé cette nuit... Demain, tu iras à la banque fédérale et du encaisseras un million de francs suisses. Tu fonceras ensuite à l'ambassade avec l'osier... Je vais me démerder cette nuit pour prévenir le Vieux qu'on t'accorde le droit d'asile. Il trouvera un moyen de te faire rentrer en France avec le pognon...

— Qu'est-ce que c'est que cet argent ?

— Une prise de guerre, Vlefta l'avait sur lui... Tu m'as saisi tu m'as ?

— Oui...

— Tu n'aurais pas un pétard sur toi ?

— Non.

— Dommage ! Fais ce que je te dis, hein ? Laisse quimper le réseau, tu es grillé comme un kilo de café du Brésil. Et je te le répète : ouvre grands tes jolis yeux...

Il me regarde, l'œil noyé par l'admiration.

— J'ai jamais rencontré un type aussi fortiche que toi, San Antonio !

— Merci.

— Le bruit courait dans Berne que tu étais arrêté ?

— Je l'étais, mais je viens de m'évader de la prison...

— Et tu n'as pas hésité à venir ici pour me prévenir ?

— Tu vois...

— C'est beau...

— D'accord, on gravera ça dans le marbre des comptoirs de troquet. Ne te fais pas d'illusions, gars, ta peau vaut presque moins chérot que la mienne. Nous sommes dans un sale bousin !

Il me tend la main.

— Je n'oublierai jamais ça, San Antonio.

— Moi, difficilement, pour tout te dire... Hé ! essaie de détourner un peu l'attention de la gonzesse pendant que je les mets, ça la foutrait mal qu'elle me reconnaisse maintenant.

— T'inquiète pas, je te demande trois minutes !

Il s'en va. Je regarde s'éloigner ses larges épaules. Il a une marche décidée qui me plaît. On sent que ça n'est pas une lavasse.

J'attends un peu... La glace du lavabo me renvoie ma hure. Pas jolie jolie ! Ma barbouze commence à pousser, j'ai les tifs en broussaille et un bain ne serait pas inutile.

Je ne suis pas mon genre, cette nuit.

Je m'aperçois que les toilettes communiquent avec les postes téléphoniques. Occasion unique de tuber à Paris pendant que je suis libre... Je prends un petit couloir et j'arrive dans une pièce où un monsieur ennuyé et qui a sommeil écrit des chiffres dans un grand bouquin noir.

— Me serait-il possible de téléphoner à Paris ? m'enquiers-je.

Il remonte sur un front pâle des lunettes sans montures.

— A ces heures !

— Il n'y a pas d'heure pour les braves !

Il ne pige pas très bien l'astuce et soupire.

— Quel numéro demandez-vous ?

Je le lui dis.

Franchement, à pareille heure, il est peu

probable que je joigne le Vieux. En tout cas,
j'aurai un gnaf de la permanence qui lui
transmettra mon message.

Je remarque que le comptable triste me
dévisage avec insistance. Bonté de sort ! Il
faut que je me mette tout de même sous la
coiffe que je suis un homme traqué dont la
frime est connue du grand public.

Quel dommage que Mathias n'ait pas eu de
feu à me prêter, je me serais senti moins
seul...

— Vous avez Paris !

Je bondis dans la cabine désignée et je
décroche. Musique divine ! C'est la voix du
Vieux qui est à l'autre bout.

— San A ! annoncé-je.

Ça le fait bondir.

— Ah ! enfin... Alors ?

Par la vitre de la cabine, je vois que
l'escogriffe du standard écoute ma communication.

— Une seconde ! fais-je au Vieux.

J'entrouvre la porte.

— Vous gênez pas ! lancé-je à l'autre. Je
vous le passerai tout de suite après...

Il se trouble.

— Ah ! Vous êtes en ligne ?

— Ouais !

Il raccroche et je reviens à mes... moutons.

— Nous sommes en pleine m..., boss.

Mathias est archi-grillé depuis longtemps, la situation est à l'inverse de ce que vous pensiez, ce sont les autres qui se servaient de notre copain. Je lui conseille d'aller se réfugier à l'ambassade dès demain... Il doit auparavant encaisser un chèque très important qui figurait dans les papiers que j'ai hérités de mon pote américain...

Il comprend.

— Vraiment important ?

— Oui. Et au porteur. Il serait navrant de laisser passer ma...

— Bien. Je fais le nécessaire. Et pour vous ?

— Pour moi, on ne peut que faire brûler un cierge, je suis trop mouillé ici pour aller emmistoufler l'ambassade... J'ai dépassé la norme et le gouvernement helvète serait en droit de réclamer mon extradition.

— Alors ? grogne le Vieux.

— Alors rien... Je vais essayer de me déplâtrer seul.

— Je vous souhaite bonne chance...

— Merci... A bientôt, j'espère...

Nous nous accordons de part et d'autre quelques secondes d'émotion avant de raccrocher. Je quitte la cabine, un peu sonné.

L'escogriffe a le bec ouvert comme un jeu de grenouille. Il louche sur le baveux du soir, plié en quatre devant lui, et sur lequel on peut voir ma bouille !

J'en suis commotionné !

Si au moins il n'y avait pas eu de journaleux à mon arrivée à la police ! J'ai l'air fin là-dessus ! On dirait Paul Muni dans Scarface !

Le type du bigophone a la tremblote. C'est le moment de lui foutre un tamis dans les pognes et de le mettre sur un chantier. Il vous abattrait un drôle de turbin.

Je le regarde. Ses carreaux s'exorbitent. Je me dis qu'il faut absolument faire quelque chose. Si je ne le neutralise pas, il va ameuter la populace dès que je serai sorti et j'aurai droit à la valse lente !

Je m'approche :

— Je vous dois combien ?

— Cinq francs...

Je lui allonge une pièce blanche.

— Voilà... Je suis honnête, mon bon monsieur. Maintenant, vous allez me donner un renseignement...

Il se liquéfie.

— Oui, mais oui...

— Je voudrais trouver un petit coin fermant à clé, c'est pour vous y enfermer... Vous comprenez, ça m'ennuierait de vous étrangler.

Il se lève, pâle comme un petit-suisse.

— Mais je...

— Vous ?

— Rien...

— Alors, allons-y...

Dans le fond de la pièce il y a une petite porte accédant aux communs. Nous la franchissons, bras dessus, bras dessous, comme deux vieux copains.

Un serveur croit que le gars a fini son turbin car il lance au passage :

— Bonne nuit, monsieur Fred !

M. Fred ne savoure pas l'ironie ! Bonne nuit ! Tu parles ! Ce ne sont pas des choses à dire !

Nous sommes seuls maintenant dans un couloir où flottent des relents de cuisine.

Une idée se plante dans mon caberlot.

— Dites donc, il doit bien exister une issue discrète pour sortir d'ici sans repasser par la grande entrée ?

— Oui. L'entrée du personnel.

— Alors, montrez-la-moi. Et pas de coups fourrés, hein ?

Il secoue la tête.

J'ai confiance. Il a trop de jetons pour vouloir jouer *Le Ranch Maudit*.

Nous grimpons un roide escalier de pierre et nous débouchons dans une impasse. Je reviens, toujours flanqué du bonhomme, vers « ma » tuture. Elle est stoppée à cinquante mètres environ de l'entrée de la Grande Cave. Avant de m'avancer dans la lumière, j'examine le territoire. Bien m'en prend car j'avise deux ombres de chaque côté de l'escalier

menant à la brasserie. Ces ombres, je crois les
reconnaître : ce sont celles des deux buteurs
qui ont dessoudé Françoise. Je vous parie une
paire de chaussettes contre un pair d'Angle-
terre que ces pieds nickelés attendent
Mathias...

Lorsqu'il va sortir, il aura droit à une
tournée de pruneaux. Que faire ?

Je longe le mur où je me trouve, sans lâcher
le bras de l'escogriffe à lunettes. Je traverse la
chaussée dans une zone d'ombre et je la
retraverse en me dirigeant vers ma bagnole.
Je prends bien soin de laisser l'auto en écran
entre mézigue et les deux cariatides du meurtre qui guettent Mathias...

— Montez, mon bon Dugommier !

— Je vous en supplie, balbutie l'autre.

Il a les genoux qui s'entrechoquent.

— Grimpez, tonnerre de m... Je ne veux
pas vous bouffer !

Il obéit.

— Poussez-vous !

Lorsqu'il s'est tiré, je m'assieds au volant et
je mets en route. Seulement, au lieu de
prendre du champ, je manœuvre de manière à
me trouver dans une ruelle en pente qui
débouche pile en face de la Grande Cave.
J'arrête l'auto tous feux éteints, dans l'ombre
propice. J'attends... Pas longtemps. Quelques minutes à peine après cette manœuvre,

voilà Mathias et Gretta qui déhotent de la
cabane. Ils débouchent sur le trottoir. Les
deux ombres s'approchent d'eux. Alors, San
Antonio, toujours le crack des cracks, le
superman du système D, braque pleins phares. Ça donne deux projecteurs qui illuminent
le groupe. En même temps, je bloque le
klaxon. C'est très réussi ! On se croirait au
théâtre, dans une mise en scène de Raymond
Rouleau. Tous les gens se retournent. Je
reconnais l'un des tueurs : c'est lui qui escor-
tait Vlefta au sortir de l'aérodrome.

Les deux égorgeurs s'éloignent après avoir
échangé quelques mots avec la fille blonde. Ils
courent à une auto rangée près de là. Sautent
dedans... Je crois qu'il vont fuir, mais des
nèfles. C'est moi qu'ils chargent, les carnes.
La Gretta de mes trucs a dû piger ce qui se
passait et leur a accordé de me faire la
poursuite infernale. Ils décrivent un arc de
cercle avec leur bolide et me foncent dessus.
Je n'ai pas le temps de mettre le moulin en
route.

— Baissez-vous ! dis-je au pauvre standardiste.

Pour lui développer les réflexes, je le tire
par sa cravate. Il était temps. Une courte
rafale de mitraillette éclate et les vitres de ma
carriole font des petits. On se sent aéré
soudain. L'auto des autres passe en trombe...

Je me redresse, mets en marche et leur file le train. L'autre tas de nouilles aux œufs frais est resté accroupi.

— Vous pouvez faire surface ! lui dis-je en enfonçant l'accélérateur, c'est classé pour l'instant.

Mais je ne m'occupe plus de lui. Je suis hypnotisé par les deux petits feux rouges qui s'éloignent à travers les rues. J'ai bien fait de cravater une 15-six. C'est champion pour jouer la Poursuite Infernale. Je les remonte rapidement, les deux chinois verts. D'autant plus facilement qu'ils ont une petite bagnole et qu'ils conduisent comme feu-Truc.

Ils sont bien emmouscaillés. Ils regrettent de m'avoir raté. Il leur est difficile de tirer car la vitre arrière de leur zinc est minuscule. Tant que je ne les doublerai pas, je ne risquerai rien.

Je suis donc... Nous filons vers les faubourgs, puis nous quittons la ville et la poursuite continue sur une route étroite.

Nous parcourons une dizaine de kilomètres.

Je vais maintenant tenter le paquet. Il y a toujours un moment dans la vie où l'on est obligé de sortir son chéquier et de demander combien on doit à la patronne. Et, ici-bas, la patronne, voyez-vous, c'est le destin.

Je ralentis.

— Écoutez, mon vieux, dis-je à Toto-la-Ripette, je ne vous veux pas de mal... Je vais stopper et vous sauterez... Soyez fair play, n'ameutez pas la police tout de suite. Je ne suis pas un bandit...

Il fait « oui » de la tête. Il est éperdu de reconnaissance.

Je m'en tamponne de le larguer ici. Nous sommes en pleine cambrousse. D'ici qu'il ait pu prévenir messieurs les poulets, j'espère m'être tiré du mauvais pas !

Il ouvre la lourde et saute avant que je sois tout à fait arrêté. Bon baiser, à bientôt ! Je tire la portière et écrase la girole... Là-bas, à un virage, les deux feux rouges viennent de se diluer dans la faible brume. Je pousse la vitesse au maxi... Le virage est là... Je le prends, mais j'ai la stupeur de ne plus voir les feux des autres, devant...

Je comprends tout en avisant une route transversale... Un chemin plutôt qui serpente, blême sous la lune dans une campagne brune.

Les lascars se sont planqués dans le chemin dont les haies bordent l'embranchement. Ils ont éteint leurs feux et attendent. Ils se disent qu'ou bien je passerai tout droit sans les voir, ou bien je descendrai et alors ils se régaleront pour m'ajuster.

Arrivé à proximité du croisement, je freine

et laisse la guinde tous feux éteints en bordure
d'un champ. Je sors doucement de la bagnole
et je me mets à ramper dans le fossé en
direction du chemin transversal.

Je sais ramper, vous pouvez en être sûr.
Pourtant, c'est un art. J'arrive au débouché
du chemin, je longe la haie sans faire plus de
bruit qu'un escargot sur de la crème chantilly.
Tout va bien, les troupes sont fraîches. Mes
deux tordus sont descendus de leur carriole
itou. Ils se tiennent accroupis derrière le
capot, une mitraillette et un pétard dans les
mains.

Ils m'attendent, ces noix vomiques,
croyant avec leur petite cervelle d'oiseau-
mouche, que je vais radiner en sifflant « la
main de ma sœur », les pognes en fouilles !

Je contourne la haie afin de les prendre à
revers... Le plus duraille va être de ramper de
l'autre côté vers eux... Heureusement, un
vent léger froisse les feuilles, couvrant ainsi
mon glissement.

Je m'écorche le poignet sur une grosse
pierre à l'arête vive. Je l'assure dans ma main
et continue d'avancer. Je suis tout près d'eux,
au point que je suis obligé de réprimer ma
respiration.

Je lève mon bras. Saisi d'un pressentiment,
sans doute, le gars qui tient le pétard se
détourne et m'aperçoit. Il pousse un cri. Un

bath, mais qui sera son dernier. Avec un han !
formide, j'abats le caillou sur sa tempe. Ça
produit un bruit plutôt moche de courge
éclatée. Le type tombe foudroyé. Pas besoin
d'aller chercher du sparadrap pour lui réparer
la soupière, il a son taf, Dudule. Une secouée
pareille aurait endormi un pensionnat de
rhinocéros. Son pote en est siphonné. Tout se
qu'il sait faire, c'est presser sur la gâchette de
son presse-purée. La bonne marchandise se
répand à nos pieds sans qu'il ait l'idée de
redresser son arme.

Je plonge sur lui et le saisis par les jambes,
il perd l'équilibre. Il se retient après le
bouchon chromé du radiateur qui représente
une figure de proue ailée. Lui en fait une
chouette aussi.

Je bondis sur mes pieds. Il me file un coup
de tatane à suivre qui me meurtrit la cuisse
gauche. La douleur me rend dingue. Je biche
le mec par le revers. Il a droit à son coup de
boule dans le râtelier. Son nez pisse le sang...
Je lui file une série. C'est un vrai chiffon que
ce type. Il se sent peut-être malin quand il
s'attaque à une femme seule, mais contre un
homme déterminé, il est tout ce qu'il y a de
navrant.

Je lui bille dessus jusqu'à ce qu'il ait son
compte. C'est une chiffe molle que je charge
dans l'auto. Je prends le pétard qui gît à terre

et je laisse le macchab avec la mitraillette
vide.

La police se débarbouillera avec ça. Elle se
perdra en conjectures c'est recta. La police se
perd toujours en conjectures.

J'hésite un peu sur la façon de procéder.
Puis, saisi par le vertige de l'action, je décide
de ramener ma fraise à Berne. C'est de la pure
démence, d'accord. Mais tant pis…

Au volant de la bagnole des truands, je fais demi-tour. Outre que « la mienne » est une auto volée, elle est en trop piteux état pour que je puisse espérer passer inaperçu en la pilotant. J'espère que son propriétaire possède une solide assurance. C'est tout ce que je peux lui souhaiter. Notez que l'assurance est également une spécialité de la nation helvète.

Le second tueur dort pour un moment. J'ai le soufflant dans ma poche et je me sens plus fort.

Ce qu'il me faudrait, maintenant, ce serait un petit endroit tranquille où je pourrais avoir une conversation efficace avec le deuxième type. Mais où le trouver, cet endroit, dites-moi un peu ?

Je vois une silhouette en bordure de la route, dans la lumière de mes phares. J'identifie le pauvre garçon de téléphone de la Grande Cave. Il fait du stop, ce chéri, dans l'espoir de trouver une âme compatissante qui le ramènera dans sa thébaïde où il pourra se remettre de ses émotions.

Je souris. Cette âme, ça va être moi. Le voilà, le coin tranquille tant désiré, ou, du moins, l'homme capable de m'y conduire.

Je m'arrête à la hauteur de mon poltron. Il arrive à la portière pour m'expliquer sa petite histoire, me reconnaît et se demande si on est mercredi ou si tous les corps plongés dans un liquide reçoivent réellement une poussée de bas en haut !

J'ouvre la portière.

— Oui, c'est moi. Le retour de Zorro, deuxième époque. Grimpe, mon lapin, et ne fais pas cette tête-là, ça me perturbe le grand zygomatique.

Il secoue la tête.

— Heu non... je...

— Grimpe, et rapidos !

J'ai élevé ma voix d'un pauvre petit ton de rien du tout. Ça suffit à l'intimider. Il s'installe. En montant, il avise la carcasse de l'autre truffe, affalée derrière.

— Mais ! Mais...

— Remets-toi, mon grand... Tu vois, ces messieurs ont voulu faire les méchants, mais c'est moi qui ai gagné...

Il se fait tout petit et ne souffle plus mot. Je roule lentement en direction de Berne. Une voiture de police nous croise. Elle met tout ce que ça peut. Il s'en est fallu de peu que je me fasse griffer par les perdreaux. Je respire.

— Où habites-tu ? demandé-je à mon voisin.

Il me sort un nom de rue en strasse qui me paraît aussi compliqué à prononcer qu'une récitation en japonais.

— Comment fais-tu pour retenir ton adresse, je me le demande... Tu vis seul ?

— Oui.

— Pas marié ?

— Non.

— Et ta bonne vieille maman ?

— Morte !

Il a bien l'air d'un célibataire.

— C'est quoi, un appartement ou une maison seule ?

— Un appartement.

— Quel étage ?

— Par terre...

L'expression me fait gondoler.

— O.K. Tu vas nous héberger pour la noye...

C'est là, je pense, le point culminant de sa stupeur.

— Chez moi !

— Oui... On sera discret, c'est promis...

Il rechigne. S'il avait du cran, il me balancerait une mandale. Pour parer à un éventuel désespoir de faible, je tire le revolver de ma poche.

— Mords un peu ce que j'ai trouvé dans une surprise ! C'est bath, non ? Fabrication suédoise ! Ce sont les rois de l'armement. Tu comprends, ils s'en servent pas, ils peuvent se permettre de fignoler...

Pour lui, ça finira par une jaunisse, c'est officiel. Une émotion pareille compte dans la vie d'un homme qui passe son temps à noircir du papier près des goguenots...

— Par où passé-je, baron ?

Il marque un temps.

Je lui administre une aimable bourrade.

— Perds pas ton temps à échafauder un scénario, tu n'en trouveras pas. Y a des gars dont c'est le métier, tu piges ? Par exemple moi. L'amateurisme sera toujours tenu en échec, tu comprends ?

Il me montre une rue vide qui baigne dans une lumière confuse.

— Droite !

J'obéis. Il est un pilote rêvé. Rien dans le citron, rien dans le calbar, tout dans le traczir !

Je m'arrête dans une rue aimable qui descend en pente raide jusqu'à la rivière.

— C'est là, fait Cléopâtre, en désignant un petit immeuble à deux étages.

— Bon... Ouvre ta porte et ne fais pas le

malin, ça pourrait m'énerver, et quand je suis énervé on est obligé de mobiliser trois classes pour me calmer... Je te fournirai des témoignages éloquents.

Je mets le feu de position de la voiture et j'extrais Pédiglas-Ponpon de la banquette arrière où il continue à rêver qu'il dévale sur le crâne les escaliers du Sacré-Cœur.

Le standardiste, plus docile qu'un troupeau de moutons, m'attend sur le seuil de son immeuble, sa clé à la main.

L'appartement est modeste, convention-
nel, propre et vieillot (1). Une petite entrée,
une cuisine, une salle à manger, une chambre... Je ferme la porte à clé et je glisse la
chiave dans ma poche.

Mon fardeau commence à remuer un peu.
Je vais le porter sur le lit et je m'occupe du
standardiste.

Au passage, je biche les cordelières des
rideaux, ainsi fait-on dans tous les films et la
plupart des romans policiers ; je pousse le
grand Lajoie jusqu'à sa cuisine.

— Qu'allez-vous faire ? s'inquiète-t-il.

— Pas grand-chose, mon lapin. Seulement
t'attacher ici pour que tu nous fiches la paix.

— Mais je ne vous dérangerai pas...

— Ne râle pas, ce sera du kif.

---

(1) Excusez-moi une minute, il faut que j'aille m'acheter
une boîte d'épithètes au tabac d'en bas.

J'attache ses poignets solidement, au point qu'ils deviennent tout blancs. Puis j'entrave pareillement ses chevilles sur la table et je juche mon hôte sur l'édifice.

— Je te fais remarquer que les pieds de la chaise sont à moins d'un millimètre du bord de la table. Si tu remues la moindre des choses, tu es bonnard pour embrasser le carrelage. Vu ?

Il a tellement les grelots qu'il n'ose pas dire oui. Je reviens dans la chambre et je me trouve nez à nez avec le croquant qui a repris ses esprits. Il se met en garde, mais c'est de la plaisanterie pour jeune fille encéphalique et une prune opportune met fin à sa carrière de poids plume. Il repart sur le pageot.

Profitant de ce qu'il cherche à se rappeler qui il est, je m'empare de la seconde cordelière du rideau et je procède avec lui comme avec le locataire naïf.

Il ne me reste plus qu'à espérer un prompt rétablissement du personnage. En attendant, je le fouille. Les papiers trouvés sur lui m'apprennent qu'il s'appelle Hussin et qu'il est Syrien. Il habite en Italie et son passeport indique qu'il est en Suisse depuis quatre jours. C'est peu... Enfin, comme chante Brassens, tout le monde ne peut pas s'appeler Durand, n'est-ce pas ?

J'avise une bouteille de Cointreau sur une

table. Je la débouche et lui carre le goulot dans le bec. L'alcool le ravigote, il bat des cils. Puis il m'aperçoit. Son visage verdâtre tourne au gris et ses yeux noirs brillent comme deux gemmes.

Il paraît n'importe quoi, sauf content (comme dit un grand écrivain de mes amis).

Je lui souris.

— Alors, Hussin, qu'est-ce que tu penses de mon numéro ?

Il ne bronche pas. Son regard intense me fait mal aux seins. Je lui administre une retournée qui lui emplit les yeux de larmes.

— Salaud ! grince-t-il.

Je réitère.

— On va commencer par le début. D'abord la politesse. Compris ?

Il semble indécis.

— Tu dois comprendre que ça ne te servira à rien de crâner. J'ai le dessus et on ne peut rien contre la force. Bon, nous y sommes ?

Il a un petit mouvement imperceptible.

Je prends cela pour un acquiescement.

— Je sais que tu appartiens au réseau Mohari et j'ai pour mission de te descendre comme j'ai descendu Vlefta, fais-je, l'air sûr de moi.

Il paraît surpris et, à son geste instinctif, je pige que je viens de bonnir une couennerie qui le fait tiquer.

— Pas d'accord ? demandé-je en lui mettant un chic bourre-pif.

Il saigne, ça l'ennuie, cet homme.

— Je ne suis pas d'un réseau, fait-il. Je suis tout juste l'ami de Gretta !

Mauvais point pour moi. Quand on veut en installer pour un mec, il faut au moins lui déballer des vérités, car s'il vous prend en flagrant délit d'erreur, vous risquez fortement de l'avoir dans le baba.

Je me repêche à l'oral :

— C'est pour te flatter, hé, crâne d'œuf ! Ça se voit que tu fais partie d'une organisation. Faut un minimum d'intelligence pour cela.

Il rouscaille, le tordu épineux :

— Dites donc !

Franchement, il a une bouille de salopard. Je sais bien qu'il ne faut pas juger les gens sur la mine (contrairement aux crayons), mais vous ne m'ôterez pas de l'idée que lorsqu'on trimbale une terrine semblable sur une paire d'épaules, on atteint à une espèce de perfection dans le pittoresque.

Je pense que ce résidu de poubelle a buté la petite Françoise et ça me fait fumaga les naseaux. Mes nerfs craquent aux jointures. Je me mets à lui biller dessus à bras raccourcis.

Sous mes poings, son visage se modifie peu à peu... Je lui fais de jolies lunettes de soleil très artistiques, puis je lui confectionne une grosse tête, et enfin j'achève de détériorer son nez.

Il va être coquet, le sagouin, demain matin. Son tour de bol sera modifié, parole ! S'il a rancart avec sa petite amie, elle le prendra pour un autre et appellera la garde !

Je m'arrête, soûl de fatigue. Hussin chiale et gémit. Il a l'impression de s'être fait aimer par une locomotive. Ça lui a en tout cas donné des couleurs.

— Charogne, bégayé-je, tu me crèves ! Maintenant, tu vas parler sans que je sois obligé de faire un geste parce que ce serait le dernier !

Et il jacte. Un lâche ne demande qu'à s'allonger. Il lui faut quelques torgnoles pour justifier à ses propres yeux sa faiblesse, et puis après ça roule tout seul.

— Je t'écoute, patate ! Crache ton arête ou je te défonce en plein ! D'abord, qui est Gretta ?

— L'ancienne femme de Claramoni...

Je fronce les sourcils.

Claramoni est l'ennemi public numéro 1 italien. Ou plutôt était, car il s'est fait ratatiner l'an dernier par la police au cours d'un siège en règle...

— Et alors ?

— Gretta, après les ennuis de Claramoni

(passez-moi les ennuis, princesse !) est venue
en Suisse... Elle faisait les palaces... Et puis
elle a rencontré un type, un Français, qui
travaille dans l'espionnage et elle s'est mise
avec lui !

Décidément, le gars Mathias, quand il joue
les Casanova, il choisit un drôle de terrain
d'action.

— Bon, alors ?

— Gretta m'a écrit de venir la rejoindre
avec Mauffredi pour une grosse affaire. On
est venus...

— Et c'était quoi, la grosse affaire ?

— Un type qui arrivait des États avec un
gros chèque... On devait se l'annexer...
Mauffredi est allé l'attendre à l'aéroport...

— Bon, je connais la suite. Alors, d'après
toi, Gretta n'appartient pas au réseau
Mohari ?

— Sûrement pas. Ça n'est pas son genre...

— C'est elle qui a reçu le coup de fil
annonçant où je me trouvais ?

— Oui.

— Et c'est elle qui, tout à l'heure, vous
avait donné l'ordre de liquider Mathias ?

Il semble stupéfait.

— Liquider Mathias ?

— Ben... Qu'est-ce que vous branliez, ton
pote et toi, devant la Grande Cave, dis voir,
trésor joli ?

— *On vous attendait !*

C'est moi qui commence à bouillonner du plaftard.

— S'il vous plaît, marquise ?

Il baisse la voix et les yeux dans un même effort.

— On vous attendait, oui !

— Pour...

— Vous avez vu !

— Qui vous avait donné l'ordre, Gretta ?

— Oui.

— Quand ?

— Deux minutes avant, lorsque nous sommes arrivés...

— Elle était seule ?

— Oui, son ami se trouvait aux toilettes !

Ainsi, la garce m'avait repéré avant que je ne parle à mon collègue !

Quelle maîtrise elle possède, cette pin-up ! Y a pas : c'est du grand art. Je comprends que mon pauvre Mathias se soit laissé emberlificoter par elle. C'est le genre de souris qui vous ferait marcher au plafond avec un seul regard !

Je me sens triste parce que j'ai la trouille qu'il soit arrivé un sale turbin à Mathias, au cours de la nuit. Il avait beau être prévenu, si elle a décidé de le descendre, c'est maintenant chose faite, aussi marle que soit Mathias.

Je commence à sentir la fatigue de ces heures mouvementées.

— C'est bon, dis-je à Hussin, ce sera tout...

Je sors le feu piqué à son honorable collègue.

Il gémit :

— Non, pitié !

D'un formide coup de crosse sur le plafonnier, je l'étale pour le compte. S'il n'a pas la coquille fracturée avec une aussi forte dose, c'est que sa mère l'a gavé de calcium pendant toute son enfance.

Je le balance sur la descente de lit. Je lui mets la table sur le dos pour l'empêcher de remuer et je vais jeter un coup d'œil à la cuisine. Le standardiste est toujours là, debout, bien droit sur sa chaise.

— Je m'excuse, lui dis-je, pour cette mauvaise farce, mais vraiment je ne peux faire autrement.

J'ouvre mon portefeuille et je prélève sur mon flouze un billet de cent francs suisses.

Je glisse le bifton dans sa poche.

— Tiens, petit père, ça te dédommagera un peu pour cette nuit pas ordinaire.

Il a une réaction merveilleuse.

— Merci, monsieur, balbutie-t-il.

Je lui souris.

— Je vais dormir un peu. N'en fais pas

autant surtout parce que tu ferais un plongeon désagréable.

Et le gars San Antonio va se zoner sur le lit
du gars, tandis que sur la carpette, Hussin
râle doucement.

Un fracas épouvantable me tire des bras de l'orfèvre. Je m'éveille. Il fait jour. Un râteau d'or râtisse le tapis de la chambre (1). Près du lit, Hussin est out... Pas mort, mais n'en valant guère mieux. Je cavale à la cuisine. Ce qui était inévitable s'est produit. Après plusieurs heures de veille, l'escogriffe s'est assoupi et il a dégringolé de son perchoir. Il est écroulé contre la cuisinière à gaz avec, sur le sommet du bol, une aubergine de douze centimètres qui devient violacée... Un filet de bave coule de ses lèvres, il ressemble à un boxer que j'ai beaucoup aimé.

J'ai pitié de lui.

— Mon pauvre lapin, va ! Tu les verras toutes c't'été...

Je le prends dans mes bras et vais l'étendre sur le lit.

(1) *San Antonio aurait-il lu Colette ?*

Montaigne.

— Allez, fais un gros dodo... Tout à l'heure, tu te mettras une escalope sur l'occiput.

Je regarde l'heure, il est sept plombes... Je me sens un peu courbatu.

Que vais-je faire ? Cruelle alternative. Je tournique dans l'appartement sous le regard enfiévré du nouveau bossu. Et, comme toujours, il me vient une idée... Puisque j'ai le temps et pas mal d'éléments à ma disposition, je vais essayer de modifier un brin mon aspect. C'est ma seule chance d'échapper aux recherches. J'ai à ma disposition un passeport en règle : celui d'Hussin. C'est le moment d'en profiter...

Je vais dans la salle de bains. Ma barbe a encore poussé, naturellement. Je cramponne le rasif du standardiste, et je me rase en me laissant un collier de barbe. Puis je biche des ciseaux et je me fais une coupe de cheveux à la Marlon. C'est approximatif mais ça me change complètement.

En farfouillant dans un placard, je découvre un produit pour teindre les godasses de daim. J'en verse dans de l'eau et je me passe un léger fond de teint qui donne à mon visage un aspect basané. Avec un bouchon taillé et brûlé, je charbonne mes sourcils et noircis l'angle de mes paupières.

Ma parole, j'ai l'air du calife Arachide commaco. Une vraie tête de khédive ! Si les bourdilles me reconnaissent, c'est qu'ils auront potassé les Mille et une Nuits. La garde-robe de mon hôte est modeste, mais j'y déniche un costard bleu foncé qui complète heureusement ma transformation. Je me suis transformé hors de la présence du gars afin qu'il ne puisse donner mon nouveau signalement.

Je brûle mes papiers personnels, ne gardant que mon argent et le passeport du type. Après une courte hésitation, j'empoche le revolver.

Ainsi transformé, Félicie, ma brave femme de mère elle-même, ne me reconnaîtrait pas. Je suis quelqu'un d'autre, pas d'erreur !

Le baromètre du petit San Antonio, le chéri de ces Dieux, s'est décidément remis au beau fixe. A peine débouché-je dans la rue que j'aperçois une colonie de perdreaux autour de la voiture de Hussin.

Les matuches sont sur la piste. Si l'escogriffe ne s'était pas filé le portrait en bas, j'aurais continué de pioncer, tant était grande ma fatigue, et ces Messieurs de la villa des sanglots m'auraient éveillé au son de « Tiens-petit'voilà-deux-sous ».

Je vire à droite et m'éloigne d'une démarche doctorale.

Je me sens en sécurité. Mon petit cerveau émet des ondes bénéfiques... Je me dis qu'au lieu de fuir, je dois donner un dernier coup d'épaule à Mathias. S'il est encore vivant, il va se présenter à la banque fédérale pour enfouiller le carbure de Vlefta. D'ici que la donzelle qui m'avait repéré à la Grande Cave

se soit gaffée de quelque chose il n'y a qu'un
pas. Donc, je dois, à toutes fins utiles,
protéger les arrières (comme on dit au Fiacre)
de mon collègue.

Je hèle un somptueux taxi et je m'y installe
confortablement.

— A la Banque fédérale, dis-je noblement
au chauffeur.

Il ne paraît pas enthousiasmé. J'ai vite pigé
pourquoi : la banque se trouve à cinq cents
mètres de là, ce qui représente une course
ridicule. Ce serait à Paris, le taximan m'aurait
envoyé me faire aimer chez Plumeau.

Je règle le parcours et je descends. Par
veine pour mézigue, il y a un café près de
l'entrée de la banque. Je prends place près de
la vitre et je commande un déjeuner complet.
Tout en morfilant, je vais pouvoir surveiller
les allées et venues de la boîte à sous lorsqu'elle ouvrira ses portes...

Je déjeune en ligotant le baveux du mor-
ning. Je fais du rififi en Suisse, je vous le dis.
Trois colonnes à la une et le reste sur le porte-
bagages. On parle de bande internationale
organisée. De règlements de comptes entre
espions et autres foutaises.

Las de cette prose pour bonniche en congé,
je repousse le journal et commence une fois de
plus mon attente. C'est ce qu'il y a de crispant
dans ce métier : les guets ! Des heures, des

nuits, des jours, il faut se tenir immobile quelque part, souvent, vous l'avez vu, dans d'inconfortables positions, et attendre quelqu'un ou un événement... C'est la tartine de marasme !

Mais cette fois-ci je n'ai pas le temps d'avoir des champignons sous la plante des lattes. La banque n'est pas ouverte depuis un quart de plombe qu'une tire ricaine vert clair, avec du chrome comme dans une salle de bains, stoppe devant la Fédérale.

Mon amigos Mathias en descend. Je ne m'étais pas gourré dans mes prévisions : Gretta l'accompagne. Elle pousse même « l'intérêt » jusqu'à lui tenir le bras. L'un et l'autre s'engouffrent dans le vaste bâtiment.

Mon sang ne fait qu'un tour. J'ai le sursaut de la mère poule voyant ses petits en danger. Il faut que je sauve Mathias. La souris le ménage jusqu'au moment où il aura l'argent. Seulement après il ne pourra pas rallier l'ambassade de France... Elle lui sucrera le grisbi. Je dois intervenir...

Ma décision est vite prise. Je règle mes consos et je cavale jusqu'à la bagnole. J'ouvre la portière arrière et je m'aplatis sur le plancher. Il y a des valises sur le siège. C'est le paravent maison. Je les ramène un peu sur moi pour me dissimuler. Si j'en crois mon estimation, je suis invisible de l'extérieur, à moins qu'on n'y regarde de trop près. Et il n'y a aucune raison pour que la Gretta se méfie.

Ces valoches me font penser qu'elle mijote de se tailler de la contrée rapidement. J'arrive comme une abeille sur une fleur. Un temps assez long s'écoule. Je respire avec difficulté. Mais il faut que je prenne mon mal en patience !

Enfin les portes avant s'ouvrent et le couple prend place dans la calèche.

Gretta pousse un soupir.

— Sais-tu que j'ai eu très peur, fait-elle... Je peux bien te l'avouer maintenant...

Mathias met en route... La voiture file à allure rapide pour un centre de ville.

— Peur de quoi ? demande-t-il.

— Que les types de ton réseau n'aient prévenu le tireur et qu'il n'y ait opposition. C'était risquer gros.

Il a un rire que je ne lui connais pas. Un rire qui me glace le dos.

— Il faut risquer gros pour gagner gros. Moi aussi j'ai eu peur qu'il ne soit trop tard pour encaisser l'argent. Heureusement que ce sombre idiot est venu m'apporter le chèque lui-même !

Ils se marrent tous les deux.

— C'est vraiment inouï, gazouille cette enfant de garce. Il s'évade de prison, il brave tous les dangers pour nous apporter ce que nous désespérions de trouver !

Que dites-vous de ça, les Mecs ? Il y a des surprises dans la vie. Des grandes comme ça, parfois ! Sacré Mathias, va ! En voilà un qui m'a bien eu. Et qui, d'autre part, a eu le Vieux ! Ce qui n'est pas fastoche, croyez-moi !

Je vois très bien l'ensemble de la combinaison maintenant. Il a su par les gens du réseau Mohari que Vlefta radinait avec des fonds... Effectivement, les mecs du réseau croyaient en lui. Seulement Mathias filait le grand amour avec Gretta et mijotait le gros coup. Il ne pouvait pas faire kidnapper et descendre Vlefta par ses boys à lui, le réseau aurait fait une enquête et trouvé ça bizarre. Il a eu l'idée de faire venir un type des Services Français. Il a tubé au Vieux qui m'a envoyé. J'ai été réceptionné en somme par Gretta et emmené dans une maison louée pour la circonstance. Oui, je vois... Je vois très bien. J'ai commis une erreur en m'étant cru empoisonné. Elle avait seulement forcé sur la dose de somnifère.

Il était indispensable que je sois vivant lorsqu'on amènerait Vlefta dans la maison. Là on l'aurait abattu avec mon pétard et voilà pourquoi je l'avais sur moi. La police, prévenue, m'aurait découvert près du cadavre, l'arme à la main, arrosé de whisky... Ni vu ni connu... C'était le deuxième burlingue qui avait poivré l'Albanais et lui avait pris les papiers. Mathias et sa donzelle encaissaient le chèque. Mon « ami » envoyait les autres documents au Vieux, recevait les félicitations du jury et gardait ses deux postes délicats...

Je sens mes membres s'ankyloser. Nous roulons maintenant dans la campagne, je le sens à la vitesse et au bruit du vent miaulant contre le pare-brise.

— Crois-tu qu'il soit prudent de filer en Allemagne ? questionne Mathias.

— Évidemment. Quand on saura que tu as touché le chèque, mais que tu ne t'es pas rendu à l'ambassade de France, on comprendra ton rôle... Nous devons aller jusqu'à Hambourg... De là nous nous embarquerons pour les États-Unis sans trop de difficultés, tu verras !

Je me dresse brusquement, le revolver au poing, comme un diable sort de sa boîte.

— Vous prenez des voyageurs ? demandé-je.

Mathias décrit une embardée et la fille blonde pousse un cri. Dans le rétroviseur, je vois le visage de mon « collègue » devenir livide. Nous traversons une forêt de sapins. Un écriteau, en bordure de route, demande aux automobilistes de faire attention aux chevreuils.

— Arrête, Mathias !

Il freine. Ses mains tremblent sur le volant.

L'auto se range en bordure de la route blanche.

— Levez les pattes, tous les deux !

Ils obéissent.

— Mathias, lui dis-je, quand on choisit le métier qui est le nôtre, on doit oublier le fric ou on est foutu. C'est un sacerdoce, pas un moyen, tu comprends !

Il grommelle.

— Le frère prêcheur dans son sermon sur l'honnêteté !

— Mathias, tu es la plus lamentable ordure qu'un ramasseur de poubelles ait jamais colti- née... Pigeon et crapule ! Agent double et triple ! Crétin et malin !

— Oh, ça va !

— Seulement tu es tombé sur un bec, mon petit garçon ! Je connais mon métier. Je ne suis pas un génie, mais j'ai de la technique, ceci remplace cela...

Gretta a baissé la main. Elle a chopé un feu dans la poche de la portière.

Je pousse un grognement et mon arme aboie. La balle lui traverse la tempe et brise la vitre de son côté. Le corps de la fille glisse lentement contre Mathias...

Il est maigre, brusquement. Il pâlit, il fond.

Je le regarde avec commisération.

— Tu croyais m'avoir, hein ? Tu te servais de moi comme bouc émissaire.

Il ne répond rien.

— Allez, sors de là...

Il balbutie...

— Qu'est-ce que tu vas faire, San Antonio ?

— Descendre madame... Elle devient dangereuse à véhiculer.

Il cherche à deviner mes vraies intentions sur mon visage, mais je lui oppose un regard hermétique.

— Allez, vite ! Je suis pressé. Attrape ta belle et porte-la dans le bois pendant qu'il n'y a personne.

Il obéit.

— N'essaie pas de fuir, Mathias, je tire plus vite que tu ne cours ! Et n'essaie pas de prendre ton feu, je tire en outre plus vite que toi !

Il descend de l'auto, moi sur ses talons. Il ouvre l'autre portière et tire Gretta. Des larmes coulent sur son visage exsangue.

— Tu l'aimais vraiment ?

— Oui, San A. C'est elle qui a tout combiné, j'ai perdu la tête.

— Bon, chope-la et va !

Il la prend dans ses bras, sans répulsion,

non comme on porte un cadavre, mais comme on trimbale la femme aimée...

Nous foulons des fougères sauvages... Nous entrons dans l'humidité sombre de la forêt. Une lumière d'église bleutée, douillette, aqueuse, baigne le sous-bois.

Je vois, à dix mètres, un taillis.

— Dépose-la là-dedans, Mathias.

Il s'avance en titubant, s'agenouille lentement et la dépose dans les brouissailles emperlées de rosée.

Puis il se redresse, indécis, les bras ballants, la bouche entrouverte. Il me regarde. Je me tiens en face de lui, le revolver appuyé contre ma hanche...

— Qu'est-ce que tu vas faire, maintenant ? demande-t-il d'une voix déjà morte.

Je soupire, le gosier sec comme de l'amadou :

— Que veux-tu que je fasse ?

Je presse sur la gâchette jusqu'à ce que la détente de l'arme fonctionne à vide. Puis je la jette sur le corps de Mathias qui frémit dans les ronces.

Tête baissée, je reviens à l'auto. Je vérifie que le million et les papiers de douane s'y trouvent bien. Je me glisse derrière le volant. J'ai un poids dans la poitrine...

Cette bagnole ricaine est à embrayage automatique.

Je démarre tout doucettement. Il fait frais dans cette forêt... Une fraîcheur, non pas d'église, mais de caveau.

Je roule doucement, comme un homme qui se promène après avoir terminé son travail. Et le mien a été épuisant, déprimant !

Çà et là, des panneaux d'émail continuent de demander pitié pour les chevreuils.

Je les regarde tristement. Les gens de la Confédération sont bons pour les animaux. C'est entendu, amis suisses ; je vais faire attention aux chevreuils !

FIN

ACHEVÉ D'IMPRIMER LE
20 NOVEMBRE 1976 SUR LES
PRESSES DE L'IMPRIMERIE
BUSSIÈRE, SAINT-AMAND (CHER)

— N° d'impression : 1616. —
Dépôt légal : 1er trimestre 1977.

*Imprimé en France*

PUBLICATION MENSUELLE